LA VÉRITÉ DU MAGNÉTISME, PROUVÉE PAR LES FAITS;

EXTRAIT DES NOTES ET DES PAPIERS DE M.me ALINA D'ELDIR, NÉE DANS L'HINDOUSTAN,

Par un Ami de la Vérité.

SUIVIE D'UNE NOTICE INÉDITE SUR MESMER, QUI AVAIT ÉTÉ COMPOSÉE ET MISE EN PAGE POUR LA *Biographie Universelle.*

Que sont devant les faits d'aveugles préjugés?

PRIX : 2 FR. 50 C.

PARIS,

RUE NEUVE DU LUXEMBOURG, N.o 6;

ET CHEZ LES MARCHANDS DE NOUVEAUTÉS.

LA VÉRITÉ
DU MAGNÉTISME
PROUVÉE PAR LES FAITS.

On trouve à la même adresse :

LES MÉDITATIONS EN PROSE, *par une Dame indienne ; ornées du portrait de l'Auteur.* Deuxième édition. *Paris*, 1828. Un vol. in-8.°

Imprimerie de MIGNERET, rue du Dragon, n° 20.

LA VÉRITÉ

DU MAGNÉTISME,

PROUVÉE PAR LES FAITS;

EXTRAIT DES NOTES ET DES PAPIERS DE M.me ALINA D'ELDIR,
NÉE DANS L'HINDOUSTAN,

Par un Ami de la Vérité.

SUIVIE D'UNE NOTICE INÉDITE SUR MESMER, QUI AVAIT ÉTÉ COMPOSÉE ET MISE EN PAGE POUR LA *Biographie Universelle*.

Que sont devant les faits d'aveugles préjugés?

PRIX : 2 FR. 50 C.

PARIS,

RUE NEUVE DU LUXEMBOURG, N.o 6;

ET CHEZ LES MARCHANDS DE NOUVEAUTÉS.

1829.

AVIS DE L'ÉDITEUR.

RÉFLEXIONS PRÉLIMINAIRES.

J'ÉTAIS un jour chez M.me d'Eldir, rue Neuve-du-Luxembourg, n.° 6. Ma foi chancelait encore, non sur la vérité du Magnétisme, mais sur l'étendue extraordinaire de sa puissance, de son action et de ses résultats.

Quand on cherche la vérité de bonne foi, on ne repousse ni les faits, ni l'évidence. Toutes les vérités ont commencé par être appelées des erreurs; et le temps n'est pas si éloigné où de grandes découvertes, aujourd'hui généralement admises, étaient niées, combattues, et même persécutées.

M.me d'Eldir me montrait des lettres de M. de Puységur, de M. Deleuze, de divers personnages d'un rang élevé, de savans, d'Académiciens, de littérateurs, de diplomates, de généraux et d'illustres étrangers. En même temps, elle mettait sous mes yeux un cahier de traitemens et de cures magnétiques, avec des relations originales de ces traitemens, des attestations de ces cures, rédigées et signées par les personnes même qui avaient été guéries.

Je pensai que la publication d'une partie de ces documens pourrait être utile, et jeter un grand poids dans la balance où se pèse encore la question du Magnétisme. Je priai donc M.me d'Eldir de mettre tous ces papiers à ma disposition, de me permettre d'y faire un choix et de le publier : elle voulut bien y consentir.

« Je regrette, me dit-elle, de n'avoir pas tenu » un journal exact de toutes les cures que j'ai faites : » il est bon nombre de personnes et de faits » qui ne sont plus dans ma mémoire ; et sans » une partie de correspondance, qui a été con- » servée ; sans le soin que plusieurs personnes ont » pris de rédiger elles-mêmes le bulletin de leur » maladie, de leur traitement et de leur guérison, » je n'aurais à vous offrir qu'un cahier de notes » sommaires, et très-incomplet : car, dans les » longs orages de ma vie, je ne me suis occupée » de magnétiser que parce qu'on venait réclamer » mes soins, qu'on croyait mon action puissante » et salutaire : tandis que moi-même, voyant que » je guérissais, mais ignorant comment je guéris- » sais, je n'avais foi que dans la puissance et dans » la protection de Dieu. »

On pensera sans doute que le récit fait par les personnes mêmes qui ont soumis leur mal à l'action du Magnétisme, doit offrir plus de garantie que si ce récit était seulement l'ouvrage de M.me d'Eldir, ou de son éditeur. Il est impossible que des personnes de tout sexe et de tout âge, de pays divers, et appartenant à toutes les classes de la société, depuis les plus élevées jusqu'aux plus humbles, s'accordent pour se tromper elles-mêmes, ou pour vouloir tromper les autres. Il y a donc dans la masse de documens authentiques que je publie, une force de vérité irrésistible, qui ne permet plus de nier l'action étonnante du Magnétisme, et qui étend beaucoup les idées sur les effets que l'on peut en obtenir.

Dira-t-on que des princesses et des portières, des marquis et des poëliers-fumistes, des généraux et des négocians, des chevaliers de Malte et des invalides, des poètes, des savans et des préfets, ont pu, sur de grands maux guéris, être les crédules jouets de leur imagination? ce serait déjà une supposition bien singulière dans ce vaste ensemble d'individus. Mais, du moins, il est tout-à-fait impossible, et il faut bien en convenir, qu'il y ait eu, qu'il ait pu y avoir, chez tant de malades, qui diffèrent d'âge, de fortune et de condition, accord parfait pour *rêver* qu'après avoir beaucoup souffert avant de se faire magnétiser, ils ont cessé de souffrir sous l'action du magnétisme; pour *rêver* et attester qu'ils n'ont plus eu besoin de leurs béquilles! qu'ils ont retrouvé l'ouïe, la vue et l'usage de leurs membres, si réellement ils sont restés ce qu'ils étaient, (la plupart depuis plusieurs années) sourds, aveugles et impotens !

On répond à des raisonnemens par des raisonnemens : mais que peut-on répondre à des faits ? Ils sont la seule massue qui puisse tuer, et qui tuera le préjugé. Car pour nier les faits, il faudrait admettre un état général de démence dans ceux que le Magnétisme a guéris ; il faudrait soutenir qu'aucune vérité ne peut être prouvée sur la terre. Ainsi toute dénégation mènera dorénavant à l'absurde, et c'est la seule voie que ce recueil va laisser ouverte aux ennemis du Magnétisme.

Il existe, dans la Nature, un agent invisible, inconnu, qu'on a appelé émanation, fluide, et dont l'action, dont l'empire même ne peuvent être méconnus.

Cet agent se manifeste dans les trois règnes. Le grand systême de l'attraction, la gravitation des astres, les influences solaires, la pression de la Lune sur l'Océan, son action sur les marées, sur les plantes et sur les êtres animés ; les poles magnétiques, ainsi nommés par les astronomes ; la vertu attractive de l'ambre et de l'aimant ; la boussole donnée au Monde par le Magnétisme, et l'empire des mers dû à l'aiguille aimantée ; la sensitive repliant ses folioles à la seule approche du doigt de l'homme, et avant le toucher ; le tournesol, présentant toujours son front au Soleil, et le suivant de l'Orient à l'Occident, dans les diverses phases du jour ; l'oiseau de proie planant dans le haut des airs, et dont l'œil fixé sur d'autres volatiles, leur ôte l'usage des ailes et les plonge dans l'état magnétique; la caille, qui s'envole au bruit des pas du chasseur, rendue immobile dans les guérêts par le simple regard d'un quadrupède ; les cheveux de l'homme, qu'on dit se dresser à l'approche du loup qu'il ne voit pas ; ce que les naturalistes rapportent du crapaud attiré par l'œil de la couleuvre ; ces émanations qui font retrouver à la colombe le chemin du lieu d'où on l'a ravie, et dont elle se trouve séparée par plusieurs centaines de lieues ; ce même fluide, ou tout autre aussi merveilleux, qui, après six mois ou un an de passage, interrogé et flairé par des chiens, les a ramenés seuls, sans erreur, de Lausanne à Paris, et de Saint-Pétersbourg à Vienne ; l'hirondelle voyageuse qui, aux approches de l'hiver, part pour les régions lointaines où le Soleil garde sa chaleur, et revient tous les printemps à la même fenêtre, à la même corniche où elle a fait son nid ; des ophthalmies et des maux de dents guéris par le moyen de l'aimant (1) ; tou-

(1) Expériences faites en France par le Noble, en 1754.

tes ces merveilles de la nature annoncent la présence réelle, dans l'espace et dans les êtres, d'agens, d'affinités, d'émanations, d'attractions, d'effluves et de fluides inconnus. On peut ignorer leur essence, on ne peut les nier. Et à quoi pourrait-on attribuer, si ce n'est au Magnétisme humain, ces soudaines sympathies inexplicables, comme ces repoussemens involontaires, qu'on éprouve avant toute parole, et sont l'effet d'un premier regard!

Ces émanations, ce fluide et ces influences solaires et lunaires durent donner naissance aux rêves de l'astrologie (1).

Cet agent caché, mystérieux, qui est répandu dans toute la Nature, et qu'on appellera fluide ou Magnétisme, comme on voudra, a une existence dont les effets sont visibles, incontestables, du moins dans leur ensemble : et ces effets sont singuliers, étonnants, merveilleux : ils tiennent du prodige. Eh bien! ces prodiges, qu'on voit tous les jours, peuvent-ils rendre invraisemblables ceux qu'on n'a pas assez bien reconnus! Qui assignera des bornes, sur un point, à un agent dont la puissance occulte se manifeste dans toutes les œuvres de la création! et qui pourrait calomnier,

(1) C'est en considérant « cette propriété du corps humain » qui le rend susceptible de l'action des corps célestes », que Mesmer se fit d'abord connaître par une thèse inaugurale *de Planetarum influxu*, imprimée à Vienne, en 1760.

dans le Magnétisme, sa source qui lui est commune avec celle de tant de phénomènes qu'on ne conteste point, et qu'on admire dans la contemplation de l'univers !

Il est des prêtres qui attaquent le Magnétisme, non en niant son existence et ses effets, mais en avançant que ces effets, ne pouvant être des miracles, sont des prodiges, et par conséquent l'œuvre du démon. » Mais le démon, comme l'a fort » bien dit M. Gence, en faisant, non un bien appa- » rent, mais un bien réel, agirait donc ainsi contre » lui-même ! « (1) On pourrait abuser des paroles des Livres saints, en disant qu'il est permis de guérir par des moyens qui sont hors de la Nature : *salutem ex inimicis nostris*. Mais il est plus convenable de croire que le Magnétisme, qui est dans toute la Nature, n'a et ne peut avoir rien de contraire à ses lois. S'il est prodige, il n'est point prestige. Or, tout est prodige dans l'univers. Et pourquoi un grand agent, mis dans l'harmonie des mondes, ne pourrait-il être dirigé vers un but utile, le bien de l'humanité ! Franklin trouvant l'art de diriger la foudre, les Jésuites apportant le secret d'arrêter la fièvre avec le quinquina, la découverte de l'inoculation, celle de la vaccine, et tant d'autres bienfaits, qui ont été méconnus, dénoncés, poursuivis, et qui ont enfin triomphé de

(1) Annales politiques du 17 décembre 1815.

l'ignorance et des préjugés, ont-ils attaqué la puissance du Créateur, et mis à la place de sa volonté, celle de l'esprit des ténèbres !

C'est donc toujours l'ignorance qui nie ou qui condamne : c'est elle qui déclara Galilée hérétique, qui proscrivit tant de vérités utiles, comme étant des erreurs dangereuses ou coupables ; et il a fallu que le temps amenât lentement leur triomphe dans les lumières de la civilisation.

Le Magnétisme est loin de nuire aux idées religieuses : il ramène toujours au spiritualisme. Ceux qui exercent cet art, sont, comme le savant qui en a écrit l'histoire, toujours disposés à renvoyer au souverain dispensateur de tous les biens, la gloire des prodiges qu'il opère par leurs faibles mains. Aussi des ecclésiastiques respectables ont-ils pensé sainement que le Magnétisme n'avait rien d'anti-religieux. » Il serait difficile de » croire, dit M. Gence, qu'un P. Hervier, biblio-» thécaire des Grands-Augustins de Paris, qu'un » P. Gérard, supérieur général de la Charité ; que » D. Gentil, prieur de Fontenay, en Bourgogne, » eussent fait un pacte avec le démon, pour exer-» cer plus efficacement un art charitable et bien-» faisant. » (1)

(1) *Annal. politiq.*, du 17 décembre 1815. Le savant Jésuite *Amiot*, correspondant de l'Acad. des Belles-lettres, et missionnaire apostolique à Pékin, n'a vu aussi, dans le Magnétisme, qu'il a retrouvé à la Chine, qu'un fluide universel.

Lorsque je manquais de foi dans les cures magnétiques, ce fut une jeune dame, honorée pour ses vertus et pour sa piété, qui voulut vaincre ce qu'elle appelait mon incrédulité. Elle me mena chez un somnambule dont, depuis plusieurs mois, elle suivait les prescriptions et le traitement. Eh bien! cette dame recevait, dans sa société, des ecclésiastiques et plusieurs prélats; elle participait, comme elle le fait encore, à toutes les œuvres de charité, visitait les pauvres et les malades, faisait les stations du Calvaire, allait du cabinet magnétique à l'église, et appartenait enfin à ce qu'on appelle la Congrégation. Sa piété douce et éclairée ne l'a point éloignée du Magnétisme, et le Magnétisme n'a apporté ni ébranlement, ni tiédeur dans sa piété. Elle n'a vu dans les phénomènes magnétiques, qu'un nouveau sujet d'adorer, en les admirant, les merveilles infinies du Créateur.

Les théologiens ont condamné beaucoup de choses qu'ils n'oseraient proscrire maintenant. Voudraient-ils, comme le faisait St.-Augustin, nier les Antipodes? Voudraient-ils défendre le jugement qui condamna Galilée? Oseraient-ils soutenir, comme ils l'ont fait long-temps, que l'engastrimyte ou ventriloque, est un démon qui rend des oracles par l'épigastre? (1)

(1) *Voy.* le Traité d'Eustathe sur la Pythonisse, traduit par Léon Allatius.

La haine des médecins contre le Magnétisme n'est pas plus raisonnable, ni mieux raisonnée que celle des théologiens. Les uns et les autres ignorent, ou ils ont oublié que le Magnétisme a été trouvé chez les Anciens, ou renouvellé chez les Modernes, par des prêtres et par des médecins, et qu'il a même été enseigné par les Jésuites.

S'il faut en croire quelques savans, le Magnétisme remonte aux temps les plus reculés et les plus obscurs dans l'histoire. Il apparaît dans l'Inde et dans la Chine, dans l'Egypte, la Phénicie et la Chaldée : on a cru le voir dans les mystères des temples de Sérapis, d'Isis, d'Osiris et d'Eleusis; dans l'enseignement de Pythagore, qui vivait il y a 2,400 ans, et qui tuait, dit-on, les serpens de son regard.

Mais si l'on veut regarder le Magnétisme comme une découverte moderne, à qui appartient-elle ? Arnaud de Villeneuve, médecin du XIII.[e] siècle, qui trouva l'esprit de vin, l'huile de térébenthine et les eaux de senteur, est signalé par les adversaires mêmes du Magnétisme, comme le précurseur de Mesmer. Or, l'histoire nous apprend que tandis que ce précurseur était condamné par l'université de Paris, il était mandé pour guérir le pape Clément V, malade à Avignon; ce qui ne l'empêcha pas d'être condamné encore, mais après sa mort, par l'inquisition de Tarragone.

Les mêmes antagonistes du Magnétisme donnent à Mesmer, pour second précurseur, Paracelse. Ce fameux médecin peut être regardé, sur beauconp de points, comme un rêveur; mais il ne faut pas oublier qu'il considérait la lumière comme le grand agent de la Nature, opinion qu'un autre médecin (1) a remis en vigueur dans le XVIII.[e] siècle, et que l'avocat Linguet a reproduite dans ses *Réflexions sur la lumière*, en 1788.

Ce fut le médecin Goclenius, professeur de physique, qui jetta, il y a plus de 200 ans, les premiers fondemens de la nouvelle doctrine du Magnétisme, dans son livre imprimé en 1613, et qui a pour titre : *Tractatus de magneticâ vulneris curatione.* Il fut réfuté par le jésuite Roberti, qui employa cet argument, renouvelé par les Jésuites de nos jours : vous guérissez par des moyens qui ne sont pas dans l'ordre naturel, donc vous avez recours au démon. Peu de temps après, un savant médecin de Bruxelles, Van Helmont, mort en 1644, reproduisit la doctrine de Goclenius dans son traité *De Magneticâ vulnerum curatione.* Il fut poursuivi, enfermé dans les prisons de l'archevêque de Malines, et obligé de se rétracter, comme l'avait été Galilée.

Mais, un peu plus tard, le P. Kircher, jésuite, un des hommes les plus savans, et le savant le plus

(1) Joyand, de Besançon.

ingénieux du XVII.[e] siècle, publia, en 1654, sans contradiction, un volume in-folio sur le Magnétisme (*Prolusiones magneticæ*), et ensuite un autre volume in-4.° (*Mundus magnes*) où l'on trouve la première idée de l'attraction universelle, qui est le Magnétisme.

Vers le même temps, un prêtre, abbé de Notre-Dame de l'Assomption, qui reçut cependant le titre de *Médecin ordinaire du Roi*, crut avoir trouvé, dans le Magnétisme, la médecine universelle. C'était un homme pieux, plein de zèle pour la Foi, et qui avait fait en Orient des missions pour convertir les infidèles. Il publia, vers le milieu du XVII.[e] siècle, le recueil de ses ouvrages sous ce titre : *La Médecine universelle et véritable pour toutes sortes de maladies désespérées.* Il avait d'abord fait paraître, en 1665, in-4.°, *la Merveille du Monde ou la médecine véritable ressuscitée*, et ensuite : *le Triomphe de l'Archée et le désespoir des médecins.* Il commençait un de ses ouvrages sur le Magnétisme par ces mots : *Au public, à l'honneur et gloire de Dieu, etc.*

Ainsi, tous ceux que les ennemis du Magnétisme signalent comme ayant ouvert, chez les Modernes, les routes de Mesmer, ont été médecins, prêtres ou jésuites, et ce fait méritait d'être remarqué (1).

(1) Dans le 17.e siècle, un irlandais, *Valentin* GRÉATRAKES,

On peut remarquer aussi que les adversaires du Magnétisme ne s'entendent pas entre eux : tandis que les théologiens y trouvent l'œuvre du démon, les médecins n'y voient que l'effet de l'imagination. Ces derniers ne réfléchissent pas que, vers la fin du XVIII.e siècle, lorsque les lumières de la civilisation étaient à leur apogée, un homme qui n'eut été qu'un charlatan, eut pu séduire quelques têtes faibles, quelques esprits crédules, mais non imprimer en France un mouvement extraordinaire. Or, on vit des docteurs célèbres, tels que Deslon, premier médecin ordinaire de S. A. R. le comte d'Artois; des magistrats et des jurisconsultes qui avaient une grande réputation, tels que Servan, Bergasse, Gerbier, d'Epresmenil; des savans renommés, tels que Court

se rendit fameux en guérissant un grand nombre de malades par l'imposition des mains : c'étaient des scrofuleux, des fiévreux, etc. Ces cures merveilleuses furent attestées par Boyle, comme président de la Société royale de Londres. Le bon Irlandais était un homme très-pieux, qui, si l'on en croit quelques auteurs, avait la prétention de guérir de l'Athéisme : le fait est qu'il guérissait d'autres maladies, en appliquant sa main sur la partie souffrante, et en faisant des frictions du haut en bas. (*Voyez* dans la *Biographie universelle*, l'article *Gréatrakes.*) Vers le milieu du 18.e siècle, Gassner fit beaucoup de bruit en Allemagne, où il opérait des cures magnétiques par l'imposition des mains.

de Gebelin, embrasser la nouvelle doctrine, la défendre par leurs écrits, et en enseigner la théorie. On vit le gouvernement traiter avec Mesmer; le comte de Maurepas entrer en négociation avec lui, le baron de Breteuil lui offrir, « au nom du Roi vingt mille livres de rentes » viagères, et un traitement annuel de dix mille » francs pour établir une clinique magnétique. » (Biot, dans la *Biographie universelle*, article Mesmer). Il fallait donc qu'on eût reconnu des cures magnétiques remarquables; et s'il n'y en avait pas eu de patentes et de constatées, les ministres du roi auraient mérité d'être taxés de démence ou d'imbécilité.

Mais l'éclat même de ces cures devint un sujet d'alarmes pour les médecins; le mystère et l'espèce de merveilleux qu'on attribuait à l'action magnétique, excitèrent d'autres craintes dans le Clergé. On provoqua un examen du Magnétisme par deux commissions tirées, l'une de la Faculté de Médecine, l'autre de l'Académie des Sciences (1). Francklin, Bailly, Lavoisier, Mauduyt, Guillotin, Le Roy, Darcet, de Jussieu, Caille, Andry, d'autres sa-

(1) Mesmer avait longtemps sollicité lui-même cet examen; Mais il ne voulait soumettre aux commissaires de la Faculté et de l'Académie, que la réalité des guérisons qu'il opérait; il desirait faire encore un mystère de son système.

vans encore, furent chargés de vérifier les procédés, les faits et les résultats du Magnétisme. Mais Mesmer, qui voulait vendre sa découverte avant de la publier, refusa de se soumettre à cette investigation : elle n'eut lieu que sur les opérations et sur les malades du docteur Deslon. Or Deslon, suivant Mesmer, ne connaissait qu'imparfaitement la théorie du fluide magnétique. Les commissaires procédèrent, et firent leur rapport en 1784; mais Francklin était malade, et ne put suivre que quelques expériences qui furent faites chez lui, à Passy; mais A. L. de Jussieu, qui s'était montré *le plus assidu* aux expériences, refusa de signer le rapport des médecins, ses collégues : il en fit un lui-même qui était favorable au Magnétisme, et qu'il publia séparément. Déjà Mesmer comptait en France plus de 300 élèves, et Deslon en avait 160, parmi lesquels se trouvaient 21 médecins. Bergasse, qui croyait devoir sa vie au Magnétisme, écrivit alors pour le défendre ; et, en 1786, le célèbre avocat-général Servan alla lui même établir un traitement magnétique à Lausanne.

Le rapport de Bailly n'avait prouvé que son grand talent d'écrivain. Depuis, ce savant illustre et malheureux est devenu mon ami. Il a passé la dernière année de sa vie, dans ma maison, à Nantes ; je le voyais tous les jours, il me parla plusieurs fois du Magnétisme. Il croyait à son existence sans pouvoir ni la définir, ni l'expliquer; mais il n'avait vu dans les expériences faites, sous ses yeux, que des effets produits par des imaginations ébranlées. D'ailleurs, il pensait que le temps pouvait amener d'autres raisons de croire; qu'il serait téméraire de repousser, autrement que par le doute, les mystères de la Nature, et d'assigner des bornes à son pouvoir.

Depuis, un des médecins, qui avaient signé le rapport contre le Magnétisme, est devenu lui-même magnétiseur. La découverte s'est agrandie en France et en Allemagne; les faits et les expériences ont été multipliés, en présence de savans et de médecins célèbres dont M. de Puységur a cité les noms dans ses procès-verbaux; dont il a invoqué le témoignage sans craindre d'être contredit : et il n'a point été contredit.

On lit dans le *Moniteur* du 24 juin 1816, un article remarquable, où le D^{r}. *Tourlet* dit : « Lorsqu'en » 1784 l'Académie des Sciences se prononça contre » le Magnétisme, le principe en etait également » inconnu à ses enthousiastes et à ses détracteurs; » l'Académie ne put examiner que ce qu'on lui » présentait : elle reconnut des effets extraordi- » naires: mais elle jugea que la théorie était fausse, » que les procédés étaient insignifians et ridi- » cules, et que les traitemens publics avaient » beaucoup d'inconvéniens. Elle eut parfaite-

» ment raison. Maintenant il n'existe plus rien de
» cette théorie, ni de ces procédés : Il n'y a plus
» de traitement public, le Magnétisme, tel qu'on
» le considère aujourd'hui, n'a donc aucun rap-
» port avec ce qu'on nommait ainsi en 1784. Des
» observations, continuées pendant trente ans,
» en ont changé la doctrine et fait connaître les
» phénomènes. »

Dans ce même article, le *Moniteur* annonçait qu'il y avait à Berlin un traitement magnétique dirigé par des médecins; que le docteur *Klugge* y faisait un cours de Magnétisme, pour l'instruction des élèves en médecine; que le docteur *Volfarth*, homme d'une grande réputation, traitait, par cette méthode, un grand nombre de malades; que le premier médecin du roi de Prusse, *Huffeland*, le docteur *Klein*, premier chirurgien du roi de Wurtemberg; *Stieglitz*, médecin du roi d'Angleterre; *Müller*, médecin de l'empereur Alexandre; *Stoffragen*, premier médecin de l'impératrice de Russie; le célèbre *Huffeland*, professeur à Jéna; le docteur *Reil*, professeur à Halle; *Gmelin*, *Treviranus*, le savant *Sprengel* et plusieurs autres docteurs ou professeurs (qui sont nommés dans l'article, et qui, la plupart avaient commencé par combattre le Magnétisme), l'enseignaient dans leurs leçons, dans leurs ouvrages, dans les journaux; et qu'à Paris « plusieurs médecins distin-

» gués, et plusieurs membres de l'Académie des
» Sciences reconnaissaient la réalité de l'agent. »

Parmi les savans de l'école magnétique Allemande, on comptait aussi le célèbre astronome *Olbers*, *Marcard*, *Wienhold*, *Heym*, *Formey* et beaucoup d'autres. « Le roi de Prusse, dit M. *Virey*, a rendu une ordonnance par laquelle la pra-
» tique du Magnétisme ne devait être permise
» qu'aux médecins, ou du moins devait être diri-
» gée par eux : il s'est établi à Berlin une clinique
» magnétique, ou maison de santé, contenant
» cent lits, pour exercer et suivre le traitement
» des personnes qui désirent s'y soumettre. Cet
» institut est dirigé par le docteur Wolfarth (1). »

Ainsi les découvertes sont comme les institutions qui trouvent le plus de résistance : on ne les tue pas, on ne peut que retarder un peu leur triomphe : mais elles marchent avec le temps, et s'établissent au milieu des obstacles.

Ainsi plusieurs souverains du nord ont voulu, en 1817, que des médecins allassent à Berlin, s'instruire de la pratique du Magnétisme sous le docteur Wolfarth ; l'empereur d'Autriche a tour-à-tour permis, défendu et toléré cette pratique. Elle est employée, sous la direction des médecins, en Suède, en Russie, et dans plusieurs villes des Pays-Bas.

(1) *Dictionnaire des Sciences médicales*, 1818, in-8.° Tome XXIX, pag. 505.

Déjà l'école de Strasbourg comptait en 1789, quatre-vingt huit membres, à la tête desquels était le docteur Gmelin. Metz, Bayonne et Lyon avaient aussi leurs écoles : et il fallait même alors quelque courage pour soutenir que, dans ce vaste concours de savans européens, il n'y avait que charlatanisme ou illusion.

Un ingénieux écrivain, M. Pigault-le-Brun, qu'on ne soupçonnera point d'être un esprit crédule, et qui s'était moqué de l'abbé Faria, dont les leçons publiques ne paraissaient pas exemptes de jonglerie, s'est montré franchement convaincu dans son roman publié en 1817, et qui a pour titre : *Encore du Magnétisme.*

Enfin, depuis quarante ans les faits les plus extraordinaires ayant été constatés, il n'a plus été permis de nier, avec quelque espoir de succès, les phénomènes du Magnétisme ; la Faculté de Médecine de Paris s'est partagée : une commission a été nommée, dans son sein, pour faire un nouveau rapport, qui, pourra être attendu longtems, mais dont l'époque arrivera : et alors le décret de 1784 ira rejoindre dans l'histoire des préjugés, les décrets rendus contre l'Antimoine, contre la circulation du sang et contre l'inoculation (1).

(1) Les cours publics du docteur *Bertrand* sur le Magnétisme, et celui qu'il a fait à l'Athénée Royal, en 1827, ont fixé l'attention des savans, rendu le doute sur la vérité du Magnétisme difficile, et la dénégation impossible. — M. Tré-

Il n'est plus possible de poursuivre le Magnétisme par le ridicule dont il a si longtems été frappé, ridicule qu'avait favorisé l'abus que des enthousiastes ou des charlatans avaient fait d'un art encore mystérieux : car l'abus s'est toujours attaché à ce qu'il y a, sur la terre, de plus grand et de plus utile.

Les phénomènes du Magnétisme, comme le dit fort bien M. Félix Bodin, dans la neuvième édition de son *Résumé de l'Histoire de France*, « ne » peuvent plus être révoqués en doute, que par » ceux qui ne veulent pas se donner la peine de » les vérifier : il est donc tems d'en déclarer » l'existence. » M. Bodin reconnaît que le ridicule est encore attaché par des esprits passionés, ou légers, ou prévenus, à ceux qui croyent au Magnétisme. « Mais la vérité, ajoute-t-il, vaut bien la » peine qu'on brave pour elle un si petit dan» ger... Dans dix ans le ridicule aura cessé, car les » faits sont plus vivaces que lui; et, après tout, » il est impossible de se moquer de la Nature. »

Le Magnétisme n'est donc plus une vaine doctrine, un problême : c'est une nouvelle partie de la *Physiologie*. V.

mery, connu par ses cours de physique, vient d'en ouvrir un sur l'Électricité et sur le Magnétisme.

On trouvera, à la fin de cette Brochure, une *Notice sur Mesmer*. Rédigée pour la *Biographie universelle*, elle avait été composée et mise en pages ; mais les préjugés et les passions académiques du temps, la firent remplacer par une autre.

LA VÉRITÉ
DU MAGNÉTISME,
PROUVÉE PAR LES FAITS.

CURES MAGNÉTIQUES.

I.

NÉVRALGIES, AFFECTIONS MENTALES, TIC DOULOUREUX.

I. M. le comte de la F. se présenta, dans le courant du mois de juin 1824, chez M. le marquis de Puységur. Il désirait consulter une somnambule sur une grande irritation de nerfs, sur des maux de poitrine et d'estomac qui l'incommodaient beaucoup; ses digestions étaient très-laborieuses et lui occasionnaient des maux de tête qui avaient affaibli sa vue. M. de Puységur partait pour la campagne. Il m'adressa le malade, avec le billet suivant :

« M. le comte de la F. est incommodé, ma-
» dame : c'est un titre de recommandation auprès

» de vous : j'ai l'honneur de vous l'adresser, et » de vous offrir mes hommages.

» Ce 21 juin 1814. »

Signé, PUYSÉGUR.

Je magnétisai le malade pendant trois semaines. Son estomac se fortifiait, son appétit revenait, ses nerfs détendus lui donnaient un calme, un bonheur qu'il lui était difficile d'exprimer : il répandait des larmes abondantes. Le magnétisme opérait sur lui d'une manière extraordinaire : trois semaines suffirent à son entière guérison.

II. M. de B. A. de T. étonné des grands effets obtenus par le magnétisme, proposa à M. de T. A. de R. G. A. de se soumettre à l'influence magnétique.

Depuis quinze ans, M. de T. souffrait d'un mal appelé *tic douloureux*, sans obtenir de soulagement : c'était un ulcère à la joue. Tout l'art des médecins et tous les remèdes avaient échoué. Plusieurs dents avaient été arrachées ; on avait employé la pierre infernale pour brûler les nerfs qui semblaient occasionner la douleur.

Les souffrances avaient épuisé le malade : il était âgé de 78 ans, et d'une constitution faible, lorsqu'il se fit transporter chez moi, rue de la Paix : c'était le 12 octobre 1815.

M. de T. se souvint de m'avoir vue dans mon enfance, et me reconnut.

Trop souffrant pour pouvoir revenir, et suivre un traitement chez moi, il me pria de lui donner des soins dans son appartement. Il fut convenu qu'il m'enverrait, tous les jours, à onze heures, sa voiture qui me conduirait et me ramènerait, quand je l'aurais magnétisé.

Le 16, à l'heure convenue, l'équipage de M. de T. se trouva à ma porte avec deux valets en livrée. Arrivée au château, les deux battans s'ouvrirent devant moi, et l'illustre malade me reçut avec une affabilité qui lui était personnelle. Je rapporte ces détails parce qu'ils font connaître que, libre de préjugés, M. de T. ne craignait point de faire voir toute sa confiance dans les effets du magnétisme.

Sa joue était si douloureusement sensible, que l'air seul qu'on agitait, en marchant autour de lui, suffisait pour irriter ses souffrances; il était impossible de lui faire la barbe.

M. de T., d'un tempérament sec, ne transpirait jamais. Quinze jours après avoir été magnétisé, il eut des sueurs si abondantes que son lit en était trempé. L'humeur sortait par le nez, par les yeux. La transpiration de la tête adoucit la peau. Les cheveux se renouvellèrent et ils grandissaient à mesure que la guérison s'opérait.

L'humeur à la joue engendrait des vers presque imperceptibles, que des fumigations et la propreté détruisaient chaque jour; tous les matins l'humeur sortait si épaisse, qu'on était obligé de ratisser la joue avec un couteau. Un régime doux secondait mes soins, et je ne quittais jamais le malade sans voir les progrès du magnétisme conduire à un résultat satisfaisant.

Après deux mois de traitement non interrompu, M. de T. me remercia, avec beaucoup de grâce, de sa guérison. C'est une des belles cures du magnétisme : M. D. Q. A. D. P. en fut témoin. M. de T. vécut encore six ans.

Pendant que je lui donnais mes soins, je reçus la lettre suivante du marquis de Puységur.

De près Soissons, le 18 novembre 1815.

« Votre lettre, madame, m'a fait le plus grand plaisir. J'aime à voir qu'un zèle magnétique aussi charitable et aussi fructueux que le vôtre, ne se ralentisse pas; votre nouvelle entreprise en est la preuve : puisse-t-elle n'être pas au-dessus de vos forces ! Oui, sans doute, madame, je prendrai toujours beaucoup d'intérêt à ce qui vous touche, parce que tout ce que vous faites en magnétisme est dans la seule vue du bien des autres, et que votre bon cœur dirige toutes vos opérations : aussi, réussissez-vous, et réussirez-vous toujours, parce que votre volonté participe de votre charité. Mais, moins vous pensez à vous, plus vous méritez que d'autres y pensent; et c'est pourquoi voici deux conseils que je crois devoir vous donner : le premier, de ne pas employer deux heures d'attention et de contact avec votre nouveau malade, parce que l'action magnétique s'opère en peu de temps, parce que vous épuiseriez vos forces physiques, sans lesquelles notre âme, contrainte dans son enveloppe mortelle de céder à ses infirmités, ne peut développer son énergie.

» Quant à gagner des maux par les miasmes putrides, ou autrement, cela n'est jamais à craindre quand on les repousse par le magnétisme ; mais c'est encore pourquoi je vous recommande de rester peu de temps avec lui, parce que la fatigue vous exposerait, etc.

» Un autre conseil à vous donner, parce que vous ne penserez sûrement pas à ce qui en est l'objet, c'est de prévenir d'avance, tant votre malade que ses médecins, que, malgré toutes les ressources du magnétisme, et les résultats déjà fort satisfaisans que vous en avez obtenus, il se pourrait que votre malade, depuis long-temps abîmé et affaibli par ses souffrances, n'eût peut-être plus la force de soutenir la crise nécessaire à sa guérison : auquel cas, vous sentez, si cela arrivait, combien alors on deviendrait injuste envers vous. Je crois bien que cette considération pour vous-même n'est pas d'un grand poids : elle n'en aurait pas pour moi davantage, parce qu'il n'y a pas de respect humain qui puisse arrêter, ni suspendre la conviction, la foi que l'on a de ne pouvoir faire que du bien. Mais, c'est pour le magnétisme que je réclame cette précaution. Il ne faut pas que notre foi en lui puisse nuire à celle que nous désirons que d'autres y prennent.

» Adieu, madame, je suis retenu à la campagne.... ; donnez-moi de vos nouvelles et de celles de votre respectable et intéressant malade, et recevez, etc. »

Signé, PUYSÉGUR.

III. La famille de M., témoin des nombreuses guérisons que je faisais, m'engagea à recevoir M. le comte d'E. de L. qui, depuis dix ans, souffrait des douleurs partout le corps, principalement à la tête, suite d'un événement bien malheureux. Il était en voyage, avec un domestique dans son cabriolet ; surpris par l'orage, la foudre éclate, tue le cheval, le domestique, et fracasse la voiture. Depuis cette époque, le comte était atteint d'affections nerveuses presque continuelles ; il ne respirait qu'avec une extrême difficulté, et les alimens étaient pour lui sans saveur.

Il avait fait usage de tous les remèdes possibles ; il avait même été magnétisé avec peu de succès avant de me connaître.

Le 23 novembre 1815, je pose ma main sur sa tête : bientôt il est agité, ses nerfs sont crispés, il entre dans des convulsions effrayantes. Deux personnes robustes le retiennent sur un sopha. Je redouble d'action pour le calmer : lui-même m'encourage, disant que cette crise lui serait salutaire ; il me prenait les mains pour les poser sur sa tête, sur ses oreilles d'où je voyais sortir une vapeur d'odeur sulfureuse ; il demandait que je frappasse, à poing fermé, sur ses membres souffrans. Tous les spectateurs étaient émus.

Le lendemain, la crise fut beaucoup moins violente. J'avais pressenti que le frottement de la tête avec une brosse, lui ferait du bien ; dès l'instant qu'il sentit la brosse, il la saisit avec transport, pour s'en servir lui-même; il pleurait, il sanglottait de joie.

Chaque jour on remarqua de nouveaux résultats, des crises différentes, mais toujours avec plus de calme ; bientôt il se trouva sans agitation ; l'appétit revint, le sommeil reprit son cours, et quinze jours de magnétisme suffirent pour rendre à M. le comte d'E. de L., la santé, le repos et le bonheur.

Depuis cette époque, il n'a cessé de me voir et de m'écrire. La reconnaissance est une si belle vertu, qu'il me pardonnera de citer ici ce fragment d'une de ses lettres :

« .... Appréciateur des dons que vous a faits » la Providence, de ceux qui se montrent en vous » à découvert, et de ceux qu'elle y a mis dans le » secret, je puis dire que personne n'est plus digne » que votre serviteur de votre aimable intention: » Si, du moins, pour la mériter, il ne faut que » vous aimer en frère, prier pour votre prospé- » rité, et s'identifier avec les sentimens généreux » qui vous rendent estimable autant que vous » êtes infortunée.

» Il ne faut pas désespérer
» Des biens dont le ciel est avare :
» Ce mal, qui nous fait murmurer,
» En un instant il le répare.
» D'un mot il peut l'anéantir ;
» Alors qu'il le veut, il l'enchaîne.
» Qu'est-ce que la plus forte peine
» Dont on n'a plus de souvenir ?

» Que Dieu donc nous ôte jusqu'à la mémoire » de nos douleurs ! que les choses et les personnes » dignes de nous plaire y demeurent seules gravées. » C'est alors que je pourrai vous convaincre de » cette vérité, que je ne vous oublierai jamais.

» Hommage, admiration, respect.

» 25 août 1822. »

Signé, Cte d'E.

IV. M. le maréchal de camp baron Ch... a constaté lui-même, en ces termes, les faits suivans:

« La dernière campagne, que j'ai faite en Russie, m'a été si funeste qu'après avoir reçu plusieurs blessures, je me suis trouvé dans les déserts de cet empire, le corps presque gelé, les nerfs crispés, et privé de tout secours : c'est dans l'état le plus déplorable que je suis rentré en France.

» Affaibli, souffrant des douleurs aiguës, privé du sommeil, ne pouvant endurer la chaleur du lit, mes nerfs dans une irritation extrême, tout me rendait l'existence insupportable. Un tremblement général m'agitait sans cesse. Tous les maux de l'humanité semblaient réunis sur moi. Des étouffemens affreux, des palpitations mettaient le comble à ma misère.

» J'avais fait usage des eaux minérales de la France, de l'Allemagne, de l'Italie et du Piémont, sans succès. On me conseilla le magnétisme : je n'y avais aucune confiance; mais les souffrances me déterminèrent.

» Je fus présenté à Mme d'Eldir. Cette dame parut hésiter d'entreprendre ma guérison; je la priai, et, toujours bienfaisante, elle consentit à me magnétiser : c'était le 27 novembre 1815.

» Un battement de cœur m'avait saisi en entrant; mes nerfs s'agitaient : le pied de Mme d'Eldir pose sur le mien et calme sur-le-champ l'irritation. Cet effet prodigieux m'inspire la confiance : une odeur suave qui sortait des mains bienfaisantes de cette dame augmentait mon étonnement.

» Rentré chez moi, moins agité, mais toujours souffrant, je ne pus sommeiller qu'un instant pendant la nuit; il me semblait toujours respirer l'odeur agréable et parfumée du magnétisme de M.me d'Eldir.

» Le jour suivant, j'ai senti le même battement de cœur, j'ai respiré le même parfum: mes nerfs se calmaient subitement sous l'action magnétique.

» La nuit, pour la première fois depuis plusieurs années, m'a fait goûter un peu de sommeil...

» La troisième nuit s'est passée sans agitation. Tous les jours de magnétisme étaient remarquables par le changement que j'éprouvais. Le sommeil, après quatre ans d'absence, est venu calmer mon âme attristée : mes crampes se dissipaient, mes douleurs de reins cessaient, et la chaleur du lit ne m'incommodait plus.

» Le 14 décembre, je me suis trouvé retardé de l'heure à laquelle je devais me rendre chez M.me d'Eldir; le même battement de cœur que j'avais senti en entrant chez elle la première fois, m'a averti du moment de la séance; j'aurais voulu rester encore avec les personnes qui étaient près de moi: mes nerfs se sont agités, j'étais tourmenté, il a fallu me rendre sous l'action bienfaisante du magnétisme.

» Le 16, j'ai quitté entièrement la béquille qui

me soutenait depuis si long-temps ; j'avais bon appétit, mes digestions se faisaient parfaitement.

» Le 30 du même mois, je n'avais plus qu'un reste de faiblesse...., lorsque des circonstances fâcheuses m'ont obligé de quitter le magnétisme, dans l'intention de le reprendre aussitôt que mes affaires pourraient me le permettre. »

Signé, baron Ch.

V. M.me L. a redigé elle-même le récit de son mal, de son traitement et de sa guérison. Elle s'exprime en ces termes :

» Par suite d'une grossesse mal soignée et d'une couche assez heureuse, il y a neuf ans, j'ai été continuellement souffrante et incommodée, soit du sang, ou des vapeurs qui me suffoquaient et m'ôtaient toute espèce de respiration. J'avais des attaques de nerfs à me rouler par terre. Mon cerveau en était si affecté, ma tête tellement souffrante, que je me trouvais égarée : on aurait dit, en me voyant, que mon état était folie. Cela finissait par une toux si terrible, qu'elle effrayait toutes les personnes qui me voyaient journellement.

» Je n'ai rien négligé pour obtenir, des médecins, un traitement convenable à ma position. J'ai pris les eaux, toute espèce de remèdes, et j'ai suivi toutes les ordonnances des docteurs, pendant neuf ans. Le lait d'ânesse a été mis en usage, et n'a pas eu plus de succès : je n'ai jamais pu éprouver aucun soulagement. Ma poitrine était remplie de glaires et d'humeurs qui m'étouffaient. Je ne pouvais plus marcher que courbée, et me tenant la poitrine à deux mains.

» M'étant aperçue que les médecins perdaient espérance de me guérir, et ayant entendu parler de plusieurs personnes que madame d'Eldir avait magnétisées et traitées avec succès; encouragée par une personne de ma connaissance, qui éprouvait des effets très-salutaires du magnétisme, je la priai de me présenter à cette dame, à qui tant de monde doit l'existence et la santé.

» Le 13 octobre 1815, je fus magnétisée pour la première fois. Frappée de tous les détails que cette dame me donnait sur mes incommodités, prenant confiance au magnétisme par ses effets, que je ressentais déjà; admirant surtout avec quelle sagacité elle me parlait de ma maladie, des douleurs que j'éprouvais et de leur cause, je me suis abandonnée sans réserve au magnétisme, que je ridiculisais avant de connaître cette dame, et les bienfaits qu'elle opère chaque jour.

» Elle promit de me guérir en six semaines. Le lendemain, après avoir été magnétisée une demi-heure, elle me dit de prendre de suite une voiture pour me rendre chez moi, où je devais avoir une sueur abondante en rentrant ; me conseillant de me mettre au lit de suite, et d'y rester tout le jour pour entretenir la transpiration qui me serait très-salutaire.

» J'avoue que ma confiance se ralentit un instant : je lui dis que je n'avais jamais pu transpirer, et que je doutais d'un pareil changement ! Mais elle me donna une douillette, craignant que je n'entrasse en transpiration avant d'être arrivée chez moi.

» En effet, je n'eus que le temps de me rendre et de me mettre au lit, où j'éprouvai des effets extraordinaires, et une transpiration si abondante que je ne savais en vérité que penser de tout cela ; je n'ai pu m'empêcher de dire à Mme d'Eldir, qu'elle avait fait un miracle, parce que tout ce qu'elle m'avait annoncé était arrivé.

» Elle me dit alors : « Il y a long-temps que » vous êtes privée du sommeil : eh ! bien, demain » vous commencerez à dormir. » Il y avait certainement plus de six mois que je n'avais pu passer une nuit entière dans mon lit. J'ai dormi effectivement depuis ce temps-là ; mes souffrances ont cessé ; je suis devenue calme ; j'ai rendu une si grande quantité d'humeurs et de glaires, que je ne puis concevoir comment mon corps pouvait les contenir. Je jouis enfin d'une bonne santé.

Je me sens une autre existence. Le repos, le sommeil et la tranquillité des sens me rendent la vie heureuse.

» Je dois tout mon bonheur au magnétisme et aux soins de Mme d'Eldir ; je n'oublierai jamais que je lui dois la vie : car, je ne doute pas que je serais morte dans les douleurs et le désespoir sans ce magnétisme admirable, ainsi que les merveilles que Mme d'Eldir a fait opérer sur moi. »

Signé L. L.

VI. M. de G., chevalier de Malte, avait l'estomac si mauvais qu'il ne digérait plus ; il dormait peu, et souffrait continuellement des nerfs.

Le 21 novembre 1815, il éprouva un tiraillement très-sensible sous l'action du magnétisme.

Le 22, le tiraillement fut moins fort ; l'influence du magnétisme lui était plus favorable, et l'estomac se trouva moins fatigué. Vers minuit, il sentit un besoin de manger qu'il dut satisfaire avec ménagement.

Le 23, les sensations furent plus fortes ; l'appétit était revenu, il mangea sans éprouver aucune fatigue d'estomac,

Le 24, le magnétisme parut plus sensiblement agir. Une chaleur douce descendait du haut de l'estomac jusqu'au bas-ventre. L'appétit était entièrement revenu, la digestion fut sans fatigue.

Le 25, agitation au creux de l'estomac, ensuite engourdissement, puis assoupissement très-salutaire.

Du 26 au 29, le chevalier n'éprouva qu'une légère palpitation. Dans la soirée, il mangea du pâté sans être incommodé.

Un mois de traitement, sans faire usage d'aucun remède, ni boisson quelconque, suffit à sa parfaite guérison.

Depuis cette époque, le chevalier s'est occupé du magnétisme avec quelque succès, et a voulu rendre aux autres le bien qu'il en avait reçu.

VII. Après les événemens des cent jours, les facultés intellectuelles du colonel baron C. (1) éprouvèrent une grande perturbation. Son frère, maréchal de camp, me fit connaître cet état fâcheux, en me priant de voir s'il serait possible de faire agir le magnétisme en cette occasion.

Le colonel vint, la tête égarée; je le fis asseoir: c'était dans le mois d'août 1816. Dès que j'eus posé ma main sur sa tête et sur sa poitrine, il demanda d'un air menaçant, ce que je voulais faire. Bientôt il entra en fureur, et ses cris étaient effrayans. Le chef d'escadron baron L..., présent à cette séance, n'était pas sans quelque crainte pour moi.

(1) Mort en 1827.

Mais, confiante dans mon action magnétique, je bravais le danger. Bientôt je vis le colonel se calmer quand je lui présentai la main : le calme le plus parfait existait en moi. Un sentiment intérieur me dit tout-à-coup qu'une chaleur vive aux pieds du malade serait efficace. Je commandai de faire du feu; dès l'instant que les pieds du colonel sentirent la chaleur, la raison lui vint, et il s'écria : *vous me sauvez la vie! vous me sauvez la vie!*

Bientôt dans un état tranquille, ayant le souvenir de tout ce qui venait de se passer, il expectora une grande quantité d'humeurs qui se détachaient de sa poitrine.

Le lendemain il fut magnétisé, sans ressentir d'agitation, ou plutôt sans éprouver d'irritation.

Il fut purgé le jour suivant, et, après avoir rendu beaucoup d'humeurs, sa santé se trouva totalement rétablie.

J'ai remarqué que le magnétisme agissait puissamment sur les maladies mentales.

VIII. La femme Guillemin, dont le mari était bijoutier, se trouvait atteinte de maux de nerfs, et ils occasionnaient des spasmes si violens, qu'elle se trouvait souvent en danger d'étouffer. Mes occupations ne m'ayant point permis de la traiter directement, je lui fis remettre un mouchoir magnétisé ;

cinq minutes après l'avoir posé sur son estomac, les douleurs cessèrent, elle sentit le sang circuler; son étouffement passa, et le sommeil revint.

Cette femme a ressenti les mêmes effets chaque fois que je lui donnais une fleur ou toute autre chose magnétisée.

La guérison a été aussi prompte que celle de sa fille Johanne. (*Voyez* les n.os 44 et 45.)

IX. M.me de F. de B. rend le compte qui suit de sa maladie et de sa guérison.

« Depuis plusieurs années, je vivais dans un état habituel de souffrance. Je ressentais, dans le côté gauche, une douleur si pénible qu'on me croyait attaquée d'obstructions au foie. Cette douleur me causait une tristesse profonde.

» Les nerfs de la tête étaient dans un tel état de souffrance qu'il m'était impossible de supporter aucune application. Lorsque je prenais un livre, les lettres semblaient se remuer, et des étincelles le parcourir sans cesse.

» Le blanc de mes yeux était jaune, à l'exception d'un petit cercle autour de la prunelle, qui conservait encore sa couleur primitive.

» Mon visage était tout-à-fait décoloré; j'étais privée de sommeil; les digestions étaient très-difficiles, malgré les soins qu'on avait de choisir des alimens qui me convinssent.

» J'étais de plus condamnée par la médecine à de fréquentes saignées. Enfin, je n'espérais aucune guérison.

» Tel était mon état de santé lorsque je fus présentée à M.me d'Eldir, au mois de mars 1824. Elle m'accueillit avec bonté, m'examina de ce regard pénétrant qu'elle seule possède, et me dit ensuite. « Vous n'avez point d'obstructions : ce » sont les nerfs qui occasionnent l'état de souf- » france dans lequel vous êtes : dans huit jours, » vous serez guérie ; » Je crus d'abord que c'était pour m'encourager ; mais, sous l'action magnétique, je ressentis des effets si prompts et si salutaires que l'espérance rentra dans mon cœur.

» Au bout de huit jours, je mangeais de bon appétit ; mon sommeil avait repris son cours, mes forces revenaient sensiblement, et depuis je n'ai pas eu besoin de saignée. J'étais guérie : mais je craignais tellement de voir se renouveler tant de souffrances, que je priai en grâce M.me d'Eldir de me permettre de continuer encore à venir chez elle, pour consolider une guérison à laquelle j'avais peine à croire ; et chaque fois j'ai ressenti un bien extrême du magnétisme.

» J'atteste avec reconnaissance les faits ci-dessus.

« Paris, le 2 juillet 1828. »

Signé, C. F. de B.

X. M. Sicar, frère d'un riche commerçant d'Odessa en Russie, né français, m'a été présenté par M. le chevalier Deleuze, dans le mois d'avril 1826.

M. Sicar était affecté d'une maladie nerveuse qui troublait l'organe du cerveau. Il avait des absences; il était hypocondre, absorbé; une âcreté de sang répandue sur son corps, fesait le supplice de son existence.

Il était venu en France par ordre des médecins, pour distraire son esprit et respirer l'air natal.

Je l'ai magnétisé pendant un mois. Mais, dès les premiers jours, il a senti des effets si étonnans que, malgré son indifférence et même son incrédulité pour le magnétisme, il s'est trouvé vivement encouragé à suivre avec exactitude son traitement; et il est reparti pour Odessa pénétré de reconnaissance et parfaitement guéri.

M. le chevalier Deleuze, sage et savant propagateur du magnétisme, a été témoin de cette cure.

II.

CÉPHALALGIES, SANG PORTÉ A LA TÊTE, MIGRAINES, DOULEURS, ÉBLOUISSEMENS.

Un grand nombre de malades de tout âge, et de conditions différentes, se trouvaient guéris par mes soins.

Des étrangers venaient s'instruire ; des somnambules des deux sexes offraient mille sujets d'instruction et d'étonnement.

XI. Une marchande lingère, nommée Françoise Flamand, demeurant rue Paradis, faubourg Poissonnière, fut magnétisée par moi ; et voici le compte qu'elle a rendu elle-même de son état et de sa guérison ; on a cru ne devoir rien changer, même dans le style de ces sortes de relations, faites sans art, mais sous l'empire des faits et de la reconnaissance :

« M.me d'Eldir s'étant apperçue que le sang me montait à la tête et m'occasionnait des douleurs continuelles, a eu la bonté de me magnétisée. Deux minutes après, je me suis trouvée endormie. J'éprouvais un calme si doux, un bienfait tellement salutaire, que je désirais en jouir toujours.

» M.me d'Eldir m'ayant posé la main sur la tête, j'ai senti couler quelque chose de mon cerveau dans le gosier, qui fesait l'effet d'un robinet aux trois quarts fermé, d'où jaillirait de l'eau.

» En examinant, dans mon état de somnambule, j'ai remarqué qu'une liqueur âcre découlait dans toute la tête, imitant les branches du saule pleureur qui dégoutte les eaux pluvieuses dans un réservoir.

» J'avais une douleur au bras, dont je ressentais particulièrement l'incommodité; toutes les consultations et tous les remèdes avaient été inutiles. Dans huit jours, le magnétisme m'a guérie parfaitement. »

XII. J'apprends (en 1815) qu'une femme au service de Mme Es. éprouve des douleurs de tête insupportables ; elle ne peut être transportée. Mme Es. vient réclamer mes soins : je la suis.

Cette femme, soutenue sous les bras par deux personnes, est amenée dans le salon. Elle paraissait privée de toutes ses facultés, à la suite des douleurs aiguës qu'elle venait d'éprouver.

Je pose ma main sur sa tête. Bientôt la femme de chambre s'agite; ses yeux, qui étaient fermés, s'ouvrent, un bien-être général se répand sur elle, elle regarde tout le monde avec étonnement, remue la tête pour s'assurer du changement soudain qui vient de s'opérer dans sa personne, et se trouvant en état de marcher, elle sort pour se livrer à ses occupations.

Le lendemain elle vint chez moi; je l'endormis du sommeil magnétique; et, dans cet état, elle s'ordonna des fumigations pour la tête; puis du lait bouilli avec de l'ail, pour des vers qu'elle rendit le jour suivant.

XIII. M. D., qui a élevé le fils d'un maréchal

de France, a rendu hommage à l'action salutaire du magnétisme, dans la lettre suivante qu'il écrivit de Langwarden, à Mme d'Eldir.

Madame,

« Le bien que vous m'avez fait, les services que vous m'avez rendus, sont pour moi d'une telle importance qu'ils demeureront à jamais gravés dans le fond de mon cœur. Que ne puis-je vous exprimer, autrement que par des vœux et des paroles, les sentimens dont je suis pénétré !

» Vers le mois d'avril 1818, j'eus le bonheur de faire votre connaissance. Avant cette époque, j'étais sujet à des tournoiemens de tête fréquens, à des éblouissemens qui souvent me forçaient de m'arrêter dans la rue, et de m'accrocher à la première borne qui se présentait pour me servir d'appui, jusqu'à ce que cette fâcheuse incommodité eût été dissipée.

» Les remèdes usités en pareil cas n'avaient produit aucun effet sur moi. Je vous vis, Madame, et je sortis d'auprès de vous tout autre, c'est-à-dire parfaitement guéri.

» J'eus l'honneur de vous revoir avant mon départ pour la campagne; je vous promis même de vous écrire, et c'est aujourd'hui seulement que je tiens ma promesse. N'allez pas m'accuser de négligence, encore moins d'indifférence, parce que vous auriez tort.

» Parti de Paris vers le commencement de mai, si je vous avais écrit de suite, je n'aurais pu que vous répéter ce que je vous avais dit quelques jours avant mon départ, que je vous devais la guérison la plus complète; mais le mal pouvait revenir; et, dans cette incertitude j'ai cru devoir laisser s'écouler quelques mois avant de vous donner de mes nouvelles. Je suis toujours bien, très-bien; et, comme c'est à vous, Madame, que je suis redevable de cet état prospère, permettez que je vous renouvelle les expressions de ma reconnaissance.

« Je suis avec respect, etc.,

« Langwarden, le 15 septembre 1818. »

Signé, D.

Huit ans après sa guérison, M. D. écrivait à M.me d'Eldir, de saint Germain-en-Laye, (le 2 septembre 1826), une lettre où se trouve le passage suivant :

« Quant à ma santé, grâces au ciel et à vous, madame, elle est toujours bonne, très-bonne. Plus de tournoiemens de tête, plus d'éblouissemens. Je me suis réconcilié avec le magnétisme au point que j'en dis aujourd'hui plus de bien que je n'en ai dit de mal autrefois. Il est ici une dame, avec laquelle je suis parfaitement d'accord sur cet article, tant elle en a éprouvé de bons effets.

« Puissiez-vous, Madame, vous porter aussi bien que je le désire, aussi bien que moi. C'est le vœu de celui qui n'oubliera jamais le bien que vous lui avez fait, les services que vous lui avez rendus. »

Signé, D.

XIV. La veuve Fleury, portière, rue de Mondovi, n.° 5, avait des migraines violentes, qui l'empêchaient de travailler. Tous ceux qui la connaissaient s'intéressaient à sa triste position, car c'était une bonne et honnête femme. Je la magnétisai en 1827, et sa douleur cessa de suite; je continuai trois fois encore l'action magnétique pour consolider la guérison. Voilà deux ans d'écoulés, et cette femme n'a plus ressenti d'incommodité.

La veuve Fleury a attesté sa guérison, par sa signature, le 25 juin 1829.

XV. Depuis plusieurs jours je remarquais avec peine l'accablement où se trouvait *Rosalie* Michaut, âgée de 26 ans, qui m'apportait le pain de mon boulanger, demeurant rue des Moineaux, n.° 9. Je fis entrer cette fille, (juin 1829). Elle me dit qu'elle avait des douleurs de tête *assommantes*, que son corps lui semblait *écrasé* sous un fardeau pénible, que ses jambes ne pouvaient plus la soutenir, etc.

Je la fis asseoir, et lui posant la main sur la tête, et le pied sur les genoux, elle resta sous l'action magnétique pendant trois minutes et dans un calme parfait : *Leve-toi*, lui dis-je, *et marche;* elle obéit, me regarde avec étonnement, et s'écrie : *je n'ai plus de mal! ma tête est sans douleur! mon corps est léger! je me trouve entièrement guérie!*

Le lendemain elle eut un petit ressentiment qui disparut sur-le-champ, sous l'action magnétique.

Le 28 juin, Rosalie Michaut a certifié ces faits par sa signature.

III.

OPHTHALMIES.

XVI. Marie-Louise, fille Franquart, née auprès de Pontoise, âgée de seize ans, avait la vue si faible qu'elle ne pouvait pas distinguer les objets qui étaient à ses pieds.

Je l'ai magnétisée et plongée dans le sommeil magnétique en dix minutes. Ses yeux ont commencé à rendre de l'eau : pendant quinze jours mes doigts en étaient continuellement mouillés. De petites concrétions jaunes, de la grosseur d'une faible tête d'épingle, sortaient également de ses yeux, et, chaque jour sa vue devenait meilleure. Après un mois de magnétisme, il est sorti, des yeux de cette fille, des étincelles dont l'électricité et la clarté ont été vues et entendues distinctement de plusieurs personnes. La malade dit alors que cet effet annonçait sa guérison, qui, en effet s'opéra de suite; et, depuis cette époque, elle voit et distingue les objets à une grande distance.

Ces faits ont eu pour témoin M. le chevalier R. de St. A., qui les a certifiés en ces termes :

« Pendant la durée de ma guérison, (*Voy.* le n.° 45.), j'ai assisté tous les soirs à la cure de la maladie d'une jeune paysanne, qui était affectée d'une infirmité aux deux yeux, qui l'empêchait de voir et de travailler. M.me d'Eldir ayant daigné la magnétiser, chaque jour la vue devenait progressivement meilleure. Sa guérison fut annoncée d'une manière surprenante. La société était alors composée de plusieurs personnes. Des étincelles sortirent des yeux de la jeune paysanne : ils s'ouvrirent deux fois avec bruit, et bientôt elle annonça qu'elle ne ressentait plus aucune incommodité.

» Ce qui s'est vérifié jusqu'à ce jour 15 mars. »

Signé, Le ch. R. de St. A.

Adjoint à l'état-major, *etc.*

XVII. Une jeune personne nommée Narcisse, fille d'un huissier de la ville de Condé, était venue à Paris, les yeux tellement malades, que l'humeur rongeait les paupières et découlait sur les joues. Ce n'est qu'à force de les baigner que les yeux de cette fille pouvaient s'ouvrir. Je la magnétisai pendant quinze jours ; elle fut parfaitement guérie, sans l'emploi d'aucun remède, et entra au service du chef des écuries du Roi.

IV.

SURDITÉ.

XVIII. *Angélique* Linger, ancienne femme de charge de Mme de F., rue du faubourg St. Honoré, n.° 10, avait fait une chute dangereuse, sa tête ayant porté avec violence sur le marbre d'une commode. Des sangsues la soulagèrent, mais quoiqu'elle eût été traitée avec soin, elle souffrait beaucoup depuis cinq ans. Une humeur fixée à la tête l'avait rendue sourde ; elle ne dormait presque pas, était sans appétit, avait les nerfs extrêmement irrités, et dépérissait chaque jour. Après lui avoir inutilement appliqué des vésicatoires derrières les oreilles et au bras, les médecins l'avaient abandonnée, lorsqu'elle me fut amenée le 25 juin 1814.

Je l'endors de suite, et, un quart d'heure après elle sent sa tête plus légère.

Le 26, elle est magnétisée à la même heure que la veille. Son sommeil lui procure un grand soulagement, un des côtés de la tête se trouve sans douleur.

Le 27, elle n'est qu'un instant assoupie. Des contrariétés l'avaient rendue souffrante. Sa famille ignorant qu'elle avait eu recours au magnétisme, et que déjà elle commençait à entendre d'une oreille, parlait sans ménagement de la faire entrer dans une maison hospitalière. Tandis que ses parens parlaient de se défaire d'elle, la croyant sans espoir de guérison, ils furent bien surpris des reproches qu'elle fit sur leur ingratitude, et d'apprendre le bien qu'elle éprouvait sous l'influence du magnétisme d'une dame charitable.

Le 28, après une demi-heure de sommeil magnétique, la femme Linger se trouve très-calme et beaucoup soulagée; elle entend parfaitement, et le bruit des voitures l'incommode.

Le 29, une grande démangeaison se déclare sur toute la partie supérieure de la tête et dans l'intérieur des oreilles; bientôt elle est suivie d'un écoulement d'humeur.

Le 30, Angélique Linger arrive très-contente de sa position, mais toute dégouttante de l'humeur qui sortait de ses oreilles, de son nez et de ses yeux. La démangeaison au sommet de la tête continuait.

Le 1.er juillet, la peau de sa tête se tournait en poussière et en vermine si considérable qu'on eut pu la comparer à une fourmilière. Pendant sept jours cette vermine se multiplia en grossissant d'une manière surprenante.

Enfin, le 10 juillet, sous l'action du magnétisme, l'humeur et la vermine ont entièrement disparu. Angélique s'est trouvée dans un état parfait de santé, et a exprimé sa reconnaissance dans la lettre suivante :

« MADAME,

« Après cinq ans de souffrances et de traitemens infructueux, je me trouve parfaitement rétablie depuis que vous avez eu la bonté de me magnétiser; mes douleurs à la tête, ma surdité et ma vue sont entièrement guéries, ainsi que toutes mes incommodités. J'ai la satisfaction, Madame, de jouir encore d'une heureuse existence. C'est par vos soins charitables, et dans le cours de quinze à vingt jours, que vous m'avez rendu la santé et le bonheur. Si la reconnaissance pouvait égaler votre bienfait, Madame, il n'est rien que je ne fasse pour vous en donner des preuves.

Agréez, je vous prie mes sincères remerciemens,

Signé, Angélique femme LINGER.

XIX. J. B. JEHAN, affligé depuis quinze ans d'une grande surdité, a consigné dans l'écrit suivant sa guérison et l'expression de sa reconnaissance.

« Je soussigné certifie que, depuis quinze ans, j'étais affligé d'une surdité qui était telle qu'il fallait crier à mes oreilles pour me faire entendre. Ma tête était pesante et semblait paralysée. Dans cette pénible situation, et au moment où je perdais tout espoir de guérison, le hazard me fit rencontrer une personne qui me parla de M.me d'Eldir. Le bien que l'on m'en dit m'inspira le désir de la consulter.

» La bienfaisance l'a déterminée à m'accorder des soins qui m'ont rendu, dans l'espace de neuf jours, non pas une santé parfaite, mais une existence supportable.

» J'ai commencé à être magnétisé le 12 mars 1817.

» Trois jours après, ma tête était dégagée de l'insensibilité qui existait depuis si long-temps. J'entendais déjà mieux de l'oreille droite. J'éprouvais aussi un mieux très-sensible à la gauche. Ce mieux a toujours augmenté jusqu'au neuvième jour où enfin l'ouïe me fut entièrement rendue à l'oreille droite; la gauche s'améliore de jour en jour, et j'espère sous peu avoir le plaisir d'annoncer à ma bienfaitrice mon entière guérison.

» Avec ce doux espoir et la situation actuelle de ma santé, j'ai tout lieu d'espérer d'être rendu au bonheur; et, grâce à M.me d'Eldir la tristesse dans laquelle j'étais plongé depuis si long-temps, a fait place à la joie et à la gaîté. Quelles obligations ne dois-je pas à cette bienfaisante dame ! Car, après avoir consulté les meilleurs médecins, et épuisé tous les remèdes imaginables, elle m'a mis en état de vaquer à mes occupations.

» Puisse le ciel qui a bien voulu lui accorder la faveur d'opérer tant de bien, l'en récompenser comme elle le mérite ! C'est le vœu que forme celui dont la reconnaissance sera éternelle, et qui sera pour sa vie,

« Son très-obligé, très-dévoué et soumis serviteur. »

Signé, J. B. Jehan.

V.

MAUX DE GORGE, EXTINCTION DE VOIX, TUMEURS.

XX. M.me la duchesse de B., était incommodée depuis plusieurs années d'une extinction de voix; je la magnétisai pendant huit jours, en 1814, et S. A. fut parfaitement guérie.

La confiance de la princesse dans mon action magnétique, est justifiée par le billet suivant.

« M.me la duchesse de B. remercie infiniment M.me Mercier (d'Eldir) de l'attention qu'elle a eue de lui envoyer de l'eau et des bouquets magnétisés ; elle lui renvoye sa bouteille, son fichu, et une petite pièce d'estomac pour la magnétiser. *Sa voix se trouvant mieux*, elle désire continuer si cela n'importune pas M.me Mercier, à qui elle fait mille complimens. »

C'est M. le marquis de Puységur qui avait conseillé à la princesse de recourir à moi pour sa guérison. Il m'écrivit à cette époque :

« M.me la duchesse de B., qui est chez moi dans le moment, désirerait fort vous voir, Madame. Elle me charge de vous prier de venir chez elle demain à deux heures; et comme elle ne peut pas vous envoyer sa voiture, d'en prendre une vous-même. Faites-moi le plaisir de me mander s'il vous est possible de venir, afin que j'en instruise M.me la duchesse de B.

J'ai l'honneur de vous saluer avec beaucoup d'amitié. »

Signé, Puységur.

P. S. « Je serai à vous attendre. Cependant ne vous en gênez pas, et soyez sûre que j'irai toujours vous voir sur les deux heures. »

La princesse étant guérie, voulut plusieurs fois me revoir; et je reçus les billets suivans :

1. « M.me de Ch., désirant beaucoup de passer encore une soirée comme celle où est venue M.me d'Eldir, lui serait fort obligée si elle voulait venir demain vendredi à sept heures. Le comte M. de P. irait la chercher. Mais, comme elle désirerait beaucoup de consulter pour une dame de

ses amies, souffrante depuis long-temps, et qu'elle sait que M.me d'Eldir n'aime pas à mettre en crise ses malades, elle désirerait extrêmement qu'elle pût lui amener une de ses somnanbules qu'elle penserait être la plus clairvoyante, pour pouvoir la consulter. La princesse désire beaucoup que tout cet arrangement puisse avoir lieu. »

2. « M.me de Ch., près de quitter Paris, serait fort aise de passer encore quelques momens avec M.me d'Eldir. M.me la duchesse de B. souhaiterait que cette réunion se fit chez M.me de Ch., à son hôtel, afin de pouvoir s'y trouver. Si cela est possible à M.me d'Eldir, on lui aura beaucoup d'obligation de vouloir bien venir demain mardi à sept heures et demie du soir. On désire que M.me d'Eldir ne trouve point d'obstacle à ce rendez-vous. »

La guérison de M.me la duchesse de B., et d'autres cures plus importantes étaient devenues dans le monde un sujet d'étonnement. C'est à cette époque, (le 9 juin 1814) que le marquis de Puységur écrivit à M.me d'Eldir, en la priant d'accepter le dernier ouvrage qu'il avait fait imprimer : « J'espère avoir l'honneur de vous voir, Madame, incessamment, ayant pris extrêmement d'intérêt *au fort étonnant résultat de votre pouvoir magnétique.* »

XXI. M.me Van C., résidant à Bruges, ressentait, à plusieurs époques de l'année, des maux de gorge qui l'obligeaient à avoir recours aux saignées, à des vomitifs, à d'autres remèdes qui ne la garantissaient pas toujours des esquinancies, et elle se trouvait exposée à perdre la vie.

Je la magnétisai le 20 octobre 1815. Devenue somnambule lucide, elle annonça qu'elle était enceinte d'un enfant mâle, et qu'elle désirait que cet enfant eût les cheveux noirs bouclés.

A son réveil elle ignorait encore sa grossesse.

Tout alla au gré de ses désirs.

Huit jours avaient suffi pour sa guérison.

XXII. M.me la comtesse de Chr., ayant connu les heureux résultats obtenus par le magnétisme, dans le traitement de M. de T. A. de R. G. A., m'amena sa fille, jeune personne intéressante qui avait une tumeur à la gorge : les progrès effrayans de cette tumeur avaient décidé les médecins à conseiller son amputation.

Je magnétisai M.lle de Chr. ; la troisième séance fit dissoudre la tumeur en forme de glaires, qui furent rendues par la bouche sans efforts et sans douleur.

Cette difformité n'a plus reparu.

VI.

MALADIES DE L'ESTOMAC ET DU PYLORE, OBSTRUCTIONS.

XXIII. *Sophie* Ch., de Sens en Bourgogne, âgée de vingt-deux ans, souffrait continuellement de l'estomac. Elle avait des crises et des accès si violens qu'elle se roulait par terre. Des pertes et une autre maladie l'accablaient. Devenue extrêmement mélancolique, l'existence lui était insupportable, lorsqu'elle se rendit à Paris dans le courant de juin 1814. Cette fille avait été maltraitée par les cosaques, et ses nerfs étaient dans une irritation continuelle.

Je la magnétisai pendant quinze jours : tous ses maux disparurent, son teint reprit de la fraîcheur. Son embonpoint et sa gaîté ont été le résultat de sa parfaite guérison.

XXIV. M.lle B., demeurant chez M. V., rue Française, n.° 6, à Paris, souffrait depuis six mois, de grandes douleurs à l'estomac, à la poitrine et entre les deux épaules. Ces douleurs étaient accrues par des fatigues continuelles, elle était maigre et languissante par suite de plusieurs traitemens sans succès.

Je la magnétise le 15 décembre 1814.

Dès le premier jour, elle sent un bien-être

inexprimable; il lui semblait, disait-elle, qu'un baume circulait dans toutes les parties de son corps. Elle ne pouvait se lasser d'exprimer sa joie et son bonheur.

Le 23, elle ressent des sensations si douces, sous l'action du magnétisme, qu'elle en pleure d'attendrissement.

MM. de M. et plusieurs autres personnes distinguées étaient présents.

A son réveil du sommeil magnétique, cette jeune personne a conservé le bien être qui, chaque jour, contribuait au rétablissement de sa santé.

Le 29 du même mois, Mlle B. a annoncé, dans l'état magnétique, qu'elle était parfaitement guérie.

XXV. M. Es. gissait sur son lit, malade depuis dix-huit mois, condamné des médecins, et dans un état de faiblesse qui annonçait une destruction prochaine. Sa femme, ses enfans étaient dans la douleur.

M. Es. ne pouvait plus faire usage d'aucune nourriture. Les liquides même lui occasionnaient des convulsions qui pouvaient l'étouffer; à peine pouvait-il avaler sa salive; ses jambes enflées, et son extrême maigreur ne lui permettaient plus de quitter son lit de souffrance.

Je l'ai magnétisé dans cet état, non sans crainte de le voir s'éteindre sous l'action magnétique; mais dirigeant cette action avec douceur, nourrissant son corps chétif des émanations du bien qui découlent du magnétisme, je lui ai donné la vie et la santé.

Réduit à ne pouvoir avaler le jus d'une cerise, quatre jours après, il en a mangé une demi-livre. Le cinquième jour on lui a donné du poulet, et bientôt ses forces lui ont permis de prendre une nourriture succulente qui a rétabli sa santé : quinze jours ont suffi à son rétablissement.

Rendu à ses fonctions administratives, M. Es. a tout oublié : il a même renié le magnétisme.

XXVI. M. le chevalier de G. m'amena, au mois de mai 1816, un officier prussien, que je magnétisai. Voici le récit que ce dernier a fait et signé, de ses souffrances, de son traitement et de sa guérison.

« Depuis huit mois, je me trouvais incommodé de maux de poitrine, avec des pesanteurs sur l'estomac, et des picotemens presque continuels sur cette partie du corps; j'étais sans appétit, j'avais même du dégoût pour le manger. Cependant, ces maux de poitrine s'étaient dissipés, et il m'était survenu des coliques fort douloureuses, suivies d'obstructions.

» J'ai fait plusieurs traitemens qui ne m'ont point réussi.

» J'avais des douleurs au genou gauche depuis quatorze ans; soit goutte ou rhumatisme, le mal n'était pas moins fort douloureux; je sentais à la jambe une très-grande faiblesse, qui augmentait chaque jour; je me soutenais quelquefois avec peine, j'étais forcé de me servir d'une canne, sans quoi j'aurais pu tomber à terre; je dormais peu, ma gaîté diminuait en raison de mes souffrances.

» M. le chevalier de Malte, de G., m'entretint un jour du traitement qu'il a suivi pendant un mois, et dont il ressentait un bien si extraordinaire, que son estomac, qui ne pouvait plus faire ses fonctions depuis dix ans, se trouvait guéri; qu'il était bien portant, mangeait de bon appétit, et digérait facilement depuis qu'il avait été magnétisé par M.me d'Eldir.

» Je le priai de me présenter à cette dame, ce qu'il fit le 7 mai 1816. Son action magnétique produisit un effet assez prompt sur moi pour y avoir une entière confiance. Je ne transpirais pas ordinairement; il me survint une transpiration abondante, une chaleur et une moiteur qui me firent le plus grand bien; une demi-heure après je me sentis le corps plus léger, et l'esprit si content, que, rentré chez moi, on parut étonné de ma gaîté; je passai la nuit dans un sommeil parfait : ce qui ne m'était pas arrivé depuis long-temps.

» Le lendemain et le jour suivant, j'éprouvai les mêmes effets sous l'action magnétique ; je déjeûnais de fort bon appétit, et ma digestion ne fut point pénible.

» Le 10, je me trouvais déjà si bien de mon genou, que je fis plusieurs courses fatigantes, sans ressentir de douleur ; j'étais également surpris de la force qu'acquérait ma jambe ; je cessai de porter une canne ; et chaque jour, mon état de santé s'améliorait au point que je mangeais, je dormais sans ressentir aucune incommodité.

» Enfin, après trente jours de magnétisme et un faible traitement de quinze jours en boissons plutôt agréables qu'incommodes, je me suis trouvé radicalement guéri.

» Paris, le 25 juin 1816. »

Signé, J. Rieger.

VII.

MALADIES DE POITRINE.

(*Extrait des Annales du Magnétisme animal, N.° 29. — Cure d'une maladie de poitrine.*)

XXVII. « Depuis mon enfance, j'étais attaqué de la poitrine, soit que j'eusse reçu le germe de la pulmonie en naissant, (ma grand'mère étant morte poitrinaire) (1) ; soit que le principe de l'affection eût eu une cause accidentelle, comme cela arrive quelquefois. Quoi qu'il en soit, mon mal inconnu à mes parens, à mes amis, ne me l'était pas; vainement je leur fesais part de mes inquiétudes : selon eux, c'étaient des craintes paniques, des inquiétudes mal fondées, et quand je les assurais que je sentais intérieurement la présence de la maladie, ils me répondaient que je portais avec moi le démenti de ce que je disais; qu'ils ne croiraient jamais que je me portasse si mal, lorsque la fraîcheur naturelle de ma figure qui, chez les poitrinaires, est remplacée par le fard de la maladie, mon apparence physique et l'absence de tout symptôme inquiétant leur garantissaient que je me portais le mieux du monde. Ils finissaient par m'exhorter à chasser de mon cerveau ces idées lugubres.

» La persuasion n'a pas de peine à descendre dans le cœur du malade. Tout en paraissant opposé à la manière de voir couleur de rose des médecins *Tant mieux*, intérieurement il accueille une opinion qui le flatte, et finit par être de leur avis. La douleur se calme, l'espoir fait couler partout

(1) Une sœur de M. A. est morte aussi de la même maladie, au mois de juin dernier.

un baume salutaire, et son imagination prévenue lui rend une santé qui lui tient lieu de la véritable, jusqu'à ce que la force de la souffrance, déchirant ce voile trompeur, le convainque de nouveau que le mal est réel.

» C'est ainsi que la tranquillité de mes parens à l'egard de ma maladie, me rendit la mienne jusqu'au moment où les symptômes non équivoques trahirent le développement du germe funeste. Une toux assez fréquente, des crachats noirs et épais, une respiration courte et gênée, des picotemens aigus à la poitrine, des douleurs entre les deux épaules, tels étaient les signes avant-coureurs d'une maladie, sur le caractère de laquelle il était difficile de se méprendre : aussi, mes inquiétudes devinrent-elles plus vives que jamais, et tombai-je dans une tristesse morne qui fut la maladie du moral.

» J'étais dans cet état lorsque je fus conduit, par un de mes amis, chez M.me d'Eldir. Ce n'était pas la première fois que j'entendais parler du magnétisme : j'en avais déjà même senti les effets, et j'y avais été si sensible, que deux séances avaient suffi pour me rendre somnambule. Toutefois, ce n'était pas dans le dessein de me faire magnétiser que j'allais chez cette dame : un simple sentiment de curiosité me conduisait dans ce lieu, où bientôt devait me ramener celui de ma conservation. Cependant je la priai de me magnétiser, et elle ne m'eût pas touché pendant cinq minutes, que je tombai dans un profond sommeil. J'y retournai le lendemain, et m'endormis encore avec la même promptitude. Ce fut de même le surlendemain ; mon ami, et vingt autres témoins recommandables, m'assurèrent que, dans mon somnambulisme, dès le troisième jour, j'avais distingué clairement ma maladie ; qu'à la vue de mes poumons, je m'étais écrié en pleurant : « Madame, je suis perdu si vous ne me traitez ! » vous seule pouvez me sauver. »

» Comme du reste mon somnambulisme n'a pas rapport à ma cure, et que, tout en voyant le mal qui me consumait, je n'ai indiqué que le magnétisme pour le guérir ; que d'ailleurs, il est de toute impossibilité pour un somnambule d'écrire son histoire, je me contenterai d'indiquer, par les effets que j'ai ressentis, les progrès successifs de ma guérison.

» Au bout de quinze jours de magnétisme, je m'apperçus que je toussais et crachais moins fréquemment. La toux était moins sèche, et les crachats plus naturels ; à la fin du mois, mes douleurs de poitrine avaient cessé presqu'entièrement, et je sentais un bien être physique et moral qui m'avait été inconnu jusqu'alors. Les deux mois viennent d'expirer, et déjà tous les symptômes alarmans ont disparu, les poumons sont cicatrisés et n'exigent plus que des ménagemens pour les consolider. Mon retour à la santé a été si brusque, que je n'ai point passé par la convalescence; je ne souffre plus, je ne crache plus, je ne tousse plus, et j'ai pris un tel embonpoint, de figure surtout, que je suis méconnaissable aux yeux de ceux qui ne m'ont point vu depuis le commencement de mon traitement. Je suis tellement changé, qu'un de mes oncles qui habite la province, et qui n'était pas venu à Paris, depuis six mois, ne m'a pas reconnu. En un mot, je suis guéri, guéri dans toute l'étendue et la force de ce mot. Cette maladie terrible, si cruelle dans son cours, si ingénieuse dans ses souffrances, si désespérante dans ses résultats, qui se rit des efforts impuissans que la médecine oppose à ses ravages, le magnétisme en a triomphé. Quelques boissons adoucissantes, un régime rigoureusement suivi, ont été les seuls auxiliaires. Repos, santé, existence, je lui dois tout : il m'a rendu les forces, il m'a rendu l'appétit, il m'a rendu la gaîté que je croyais avoir perdue pour toujours. J'ai recouvré plus que je n'avais perdu.

» Et vous, en qui la Providence avait placé mon salut! vous sur qui elle se repose du soulagement de l'humanité souffrante; qui faites un si noble usage de cet instrument de bienfaisance et de charité qu'elle vous a spécialement confié, de quel nom vous appellerai-je? quelle expression en langue humaine rendrait le sentiment que la nature m'a imprimé pour vous ! Ce sentiment est bien celui de la reconnaissance : mais comme il est épuré ! ah ! je renonce à le peindre, de peur de l'affaiblir. Je le laisse au fond de mon cœur où il restera tant que je jouirai de cette vie que vous m'avez conservée : car le souvenir de vos bienfaits ne s'éteindra qu'avec elle.

Signé, E. A., *âgé de 18 ans.*

» 6 janvier 1816. »

Treize ans se sont écoulés, et la reconnaissance, ce sentiment si rare, du moins dans sa durée, s'est conservé dans le cœur de M. A. tel qu'il était lorsque, dans l'état magnétique, il disait :

Ton corps n'est pas le seul que ton pouvoir conduit ;
J'ai senti sur le mien descendre ton esprit ;
La vertu de ton cœur dans l'air semble passée,
Je respire ton ame et je bois ta pensée.

Depuis, M. A. s'est voué aux muses, et s'est fait un nom dans les lettres.

XXVIII. M.me Elisabeth B., âgé de 37 ans, demeurant rue du Caire, n.° 24, éprouvait depuis plusieurs années, des douleurs à la poitrine, aux dos, aux bras et aux jambes, sans pouvoir rendre compte de la partie la plus souffrante.

Le système nerveux était violemment troublé ; et divers accès avaient le caractère de l'aliénation mentale.

Je l'ai magnétisée en 1814, et aussitôt engourdie, puis assoupie.

Elle a ressenti beaucoup de mouvemens intérieurs : une foule d'idées incomplètes l'occupaient. Ses paupières étaient fermées sans qu'elle pût les ouvrir : elle entendait tout ce qui se passait autour d'elle. Bientôt, elle ne ressent plus aucune douleur ; une grande clarté se présente à elle : quoique ses yeux soient fermés, elle distingue plusieurs objets curieux, intéressans. Elle dit que mon approche lui fait éprouver diverses sensations, et que la clarté est moins vive lorsque je m'éloigne d'elle, etc.

N'ayant pu continuer à magnétiser cette dame, je l'ai confiée à une personne (1), qui l'a guérie parfaitement, en se servant des objets magnétisés que je lui avais donnés.

XXIX. Le père d'Héloïse, marchand de draps et tailleur, au passage des Panoramas, explique, de la manière suivante, les effets du magnétisme sur sa fille.

« Depuis cinq ans, mon enfant, nommée Hé-

(1) M. *Corbeau*, auteur d'un écrit sur le Magnétisme, publié, en anglais, à Londres.

loïse Delarue, ayant atteint sa 17.me année, a été traitée pour une maladie chronique, sans succès; cette maladie s'étant fixée sur la poitrine, une toux fréquente, des crachats épais furent les signes non équivoques de la pulmonie. D'après le dire des médecins, mon enfant se trouvait à la troisième période de cette affreuse maladie, et par conséquent sans espoir de guérison (1), lorsque j'ai entendu parler des cures magnétiques que M.me d'Eldir fesait chaque jour.

» Ma fille dépérissait; elle ne dormait presque plus, et son état de faiblesse devenait si effrayant, qu'il me semblait qu'elle allait mourir dans les convulsions qui la tourmentaient constamment. Ne voulant rien avoir à me reprocher, et cherchant tous les moyens de la soulager, je me suis déterminé à avoir recours au magnétisme; mais l'état de faiblesse de ma fille ne permettait pas de la transporter sans danger. J'ai consulté M.me d'Eldir, qui a eu la bonté de m'encourager à lui conduire ma fille en voiture avec toutes les précautions nécessaires.

» C'est le 29 mai 1816, que ma fille, sous l'action magnétique de M.me d'Eldir, a senti une douce fraîcheur sur sa poitrine, qui lui a pro-

(1) Ces médecins se trompaient sans doute sur la période de la maladie.

curé un bien être difficile à exprimer ; ses yeux s'animaient, et elle ressentait une force qui lui était inconnue depuis long-temps. Après une demi-heure de magnétisme, ma fille, au grand étonnement de tout le monde, a descendu l'escacalier pour se rendre à la voiture.

» Le lendemain, impatiente de se rendre où elle éprouvait des effets si salutaires, elle a été bien plus facile à conduire. Les mêmes procédés magnétiques ont produit plusieurs sensations qui nous donnaient déjà les plus grandes espérances.

» Le 31 mai, mon enfant s'est rendu à pied chez M.me d'Eldir. Une demi-heure après, et toujours mieux, elle est retournée chez elle avec une force et un contentement qui nous donnaient le bonheur.

» Son sommeil commençait à lui procurer des nuits calmes ; mais ce qui nous occasionnait une grande surprise, c'est que M.me d'Eldir avait donné un pot de fleurs magnétisé pour le poser près du lit de ma fille, qui s'endormait en le regardant. Reveillée par une toux légère, elle regardait son pot de fleurs et se rendormait de suite ; sa gaîté était revenue avec son appétit.

» Jusqu'au 4 du même mois, elle á continué à faire le trajet toujours à pied.

Avant d'être magnétisée, ma fille ressentait par tout le corps un froid mortel ; depuis deux jours, une chaleur bienfaisante circulait dans ses membres, l'humeur se détachait avec facilité de la poitrine, et la toux était beaucoup moins fréquente.

» Le 7, elle éprouvait un mieux sensible; déjà ses promenades variaient ses plaisirs, et comblaient nos vœux, lorsque, par trop de confiance en sa position, elle a perdu la vie.

» Le soir d'une fête publique, mon enfant étant sur la terrasse du passage des Panoramas, a été saisie du froid. Rentrée à la maison, on lui fit prendre à l'insçu de M.me d'Eldir, des bains de pied et un looch qui ont fait mourir mon enfant. »

Signé, Delarue.

XXX. Une fille nommée *Lise* Tailly, âgée de vingt ans, qui était au service de M.me B., se trouvait attaquée de la poitrine et dépérissait chaque jour.

Elle fut magnétisée et guérie en vingt jours.

Elle a joui depuis de la meilleure santé.

VIII.

HYDROPISIE.

XXXI. M.me la duchesse de B. m'avait priée de voir la vicomtesse de L., qui était malade depuis dix-sept ans.

Je trouvai cette dame dans un état de souffrance déplorable.

Les médecins l'avaient jugée hydropique : elle ne pouvait ni se coucher, ni changer de position sans éprouver des douleurs violentes ; ses jambes étaient très-enflées, ainsi que le ventre ; elle avait un asthme et des pesanteurs d'estomac qui lui fesaient rendre des glaires continuellement ; tout son sang était décomposé, et ses maux lui rendaient la vie si à charge qu'elle n'aimait plus rien, ne voulait entendre parler de rien.

Le 11 septembre 1814, je la magnétisai. Deux jours après son ventre se détend, les pesanteurs d'estomac et les glaires ne l'incommodent plus. Elle retrouve le sommeil qu'elle avait perdu, et chaque jour ses forces se raniment.

Cependant M.me de L. avait grand soin de cacher à ses médecins les moyens qu'elle employait pour sa guérison ; ses amis n'étaient pas mieux instruits, et leur étonnement augmentait de jour en jour, en lui voyant reprendre une nouvelle existence.

Je l'ai magnétisée régulièrement, une heure, pendant vingt jours.

M.me la vicomtesse de L. vit encore dans un âge avancé. Mais elle a oublié qu'elle doit son existence au magnétisme.

IX. PARALYSIE.

(*Extrait des Annales du Magnétisme, N.° 31.*)

XXXII. M.me d'Eldir, à qui l'on doit la cure de M. A., qui est insérée dans le n.° 29 de ces *Annales*, vient de nous envoyer un fait qui ne peut qu'intéresser nos lecteurs ; le voici :

« *Clotilde* MEUNIER, âgée de 16 ans, d'une forte » constitution, a fait une maladie de deux mois, à » la suite de laquelle elle est tombée sans connais- » sance, et ne donnant aucun signe de vie pendant » plusieurs jours. A la fin de cette léthargie, tout » le côté droit s'est trouvé paralysé, la bouche » tournée et pouvant à peine prononcer quelques » mots. Depuis six mois, le bras et la jambe ne » prenaient plus d'existence; la main était égale- » ment sèche et froide; les organes du cerveau » étaient affaiblis. Enfin, toute cette partie droite » était insensible, lorsque (dit M.me d'ELDIR), » cette jeune fille m'a été amenée le 30 février der- » nier. Dès l'instant que je l'ai magnétisée, elle a » senti de la chaleur; le second jour, elle est en- » trée en somnambulisme. Ce somnambulisme » n'ayant produit aucun effet remarquable, je me » bornerai aux détails suivans :

» Le second jour de magnétisme avait déjà ré-

» pandu de la chaleur au bras et à la cuisse; les » doigts paraissaient moins engourdis.

» Le troisième jour, la langue s'est déparalysée; » la bouche a un peu repris son état naturel, et je » lui ai fait prononcer distinctement tout ce que » j'ai voulu.

» Le quatrième, le bras avait repris une telle » force, que cette fille a fait les ouvrages du mé» nage et plusieurs lits.

» Le cinquième, la bouche avait entièrement » repris son état naturel, et Clotilde parlait très» facilement.

» Enfin, les progrès ont été si rapides, que » quinze jours de magnétisme, sans aucun autre » remède, ont suffi pour la rétablir parfaitement. » Cette fille travaille, parle et agit sans difficulté. » Elle demeure maintenant hôtel de Suède, rue » du Bouloy, n.° 3.

» Paris, le 25 mars 1816. »

La malveillance et la jalousie, ayant voulu détruire la vérité de cette cure, et prétendre que la nature et la jeunesse de Clotilde avaient pu opérer sa guérison, M.me d'Eldir dut la faire constater; et voici les témoignages.

1. » Nous certifions avoir vu arriver chez M.me d'Eldir la nommée Clotilde Meunier, conduite avec peine par sa sœur. Cette première marchant avec beaucoup de difficulté, ayant à

ce qu'il paraissait, toute la partie droite paralysée, la mâchoire inférieure tournée du côté droit, et les lèvres ne pouvant retenir la salive; elle pleurait beaucoup de sa malheureuse position. Ces deux filles étaient conduites chez Mme d'Eldir, par M. DE LA G., DE LA V. qui, ému d'une noble compassion, consentit à faire les frais du transport.

» Nous certifions de plus avoir vu, tous les jours, les progrès de sa guérison, prononcer, manger, marcher plus facilement, et enfin guérie au bout de quinze jours.

» Paris, ce 18 mai 1816. »

Signé, le colonel baron C.; le maréchal de camp baron C.

2. » Je certifie avoir vu, chez Mme Mercier d'Eldir, une jeune paysanne d'une forte constitution, nommée Clotilde Meunier, et l'avoir vue privée d'une partie de ses membres et en paralysie. »

Signé, le comte de G., lieutenant-colonel des. . . .

3. » Je certifie avoir vu, chez Mme Mercier d'Eldir, une jeune personne, d'une forte constitution, nommée Clotilde, l'avoir vue privée de l'usage d'une partie de ses membres, le bras droit surtout fortement paralysé, et parlant avec diffi-

culté; et lui ayant demandé comment elle se trouvait, elle m'a répondu qu'elle éprouvait un mieux sensible. C'était dans les premiers jours de mars.

Signé, le comte de G.,
lieutenant-colonel des...

4. » Je certifie qu'il est à ma connaissance que Mlle Clotilde Meunier a été amenée par M. DE LA G. DE LA V., chez Mme Mercier d'Eldir; et que c'est sur ses sollicitations qu'elle a entrepris son traitement; elle était atteinte de paralysie du côté droit. Je lui ai demandé, huit ou dix jours après, comment elle se trouvait, et elle m'a répondu d'une manière non équivoque qu'elle se trouvait beaucoup mieux depuis que Mme Mercier lui prodiguait ses soins. Elle parlait encore néanmoins avec difficulté, et ne pouvait parfaitement faire usage de son bras et de sa jambe droite. Je la revis huit jours après, et je certifie avoir vu de mes yeux, l'état parfait de guérison où elle se trouvait, et avoir entendu, de sa propre bouche, qu'elle était guérie complètement, et guérie par Mme Mercier.

Signé, E A.

» Le 20 mai 1816. »

(*Voy. le N.° XXVII.*)

Je reçus, le 3 juin, la lettre suivante.

5. « Madame, J'ai été témoin d'une cure si merveilleuse sur une jeune fille nommée Clotilde

Meunier, qui était paralysée de tout le côté droit, et parlait avec beaucoup de peine, que je ne peux entendre contredire cette guérison sans en être indigné. Je l'ai vue amenée par sa sœur. La malade pleurait, sa jambe était traînante et son bras perclus. Je lui parlais tous les jours de son traitement, et cette fille convenait du changement miraculeux qu'elle ressentait. J'en ai parlé, avec admiration, à plusieurs personnes. Au bout de 15 jours, je l'ai vue marcher et faire des courses très-éloignées; elle me serrait les mains pour me montrer la force que son bras et sa main avaient obtenue. Vous l'avez engagée, Madame, à continuer à faire de l'exercice et à travailler. Cette fille a voulu retourner à son village pour se faire voir; elle paraissait si contente qu'elle aurait voulu vous témoigner toute sa reconnaissance. Je prends le ciel à témoin de la vérité que j'atteste.

» *Signé*, L. G...

» Paris, ce 3 juin 1816. »

XXXIII. Mme la comtesse de Ch. ayant éprouvé, par mes soins, les effets salutaires du magnétisme, engage Mme B. à me conduire sa fille Julie, jeune personne de 15 ans, atteinte d'un mal qui, depuis plusieurs années, résistait à tout l'art des médecins.

Julie avait un embonpoint qui la rendait d'une

difformité remarquable. Elle mangeait beaucoup, ses fonctions naturelles étaient dérangées; elle devenait insensible d'esprit et de corps, à tel point qu'on pouvait lui pincer les chairs sans qu'elle ressentît aucune douleur. Elle était sourde, et semblait tendre à la paralysie.

Trois semaines de magnétisme amenèrent, dans sa position un changement qui fut, pour sa mère, pour M.me de Ch. et pour ma société, un sujet d'étonnement et d'admiration. La surdité cessa par un déchirement qui se fit sentir dans l'intérieur des oreilles, à la suite de plusieurs séances magnétiques et d'un exercice forcé que je fis faire à la jeune personne. Le corps et l'esprit retrouvèrent leurs facultés; l'obésité, les absences, les difformités disparurent, et M.lle B. retrouva sa santé, son esprit et sa beauté.

Sa mère m'écrivait de Montmorency, le 11 décembre 1817.

« ... Quoique mon séjour ici ne doive être que de peu de durée, il me paraîtra bien long, s'il faut que je sois privée de vos nouvelles.

» Si je voulais vous oublier, ce n'est pas ici qu'il me faudrait venir. Les souvenirs que j'y trouve, au contraire, graveraient plus profondément, dans mon cœur, ma reconnaissance, si j'avais pu méconnaître tout ce que je vous dois. Séparée de ma Julie, et éloignée de vous, je m'occupe de toutes deux. L'état présent de la santé de ma fille me permet de me rappeler le passé comme un songe pénible : *car qui eût jamais pu croire que la Julie que je vous ai conduite, ayant les oreilles paralysées, le corps déformé, la vue terne et inanimée, deviendrait ce qu'elle est aujourd'hui, brillante de santé et de fraicheur. Je serais tentée de m'écrier au miracle ! Mais j'ajouterai qu'il n'y avait que M.*[me] *d'Eldir qui pût l'opérer.*

» Je sens vivement le prix de ces bienfaits. Aussi devez-vous croire que ma mort seule pourra mettre un terme à ma reconnaissance (1), et que, c'est pour la vie que je me dis, Madame, votre dévouée servante. »

Signé, B.

(*Voyez* le n.° XLV.)

X.

ESTROPIÉS ET MEMBRES PERCLUS.

XXXIV. M. de la M... ancien page, attaché à la maison du Roi, avait été blessé d'un coup de pistolet à la main droite. Le pouce avait perdu son articulation. Les médecins avaient ordonné les douches d'eaux minérales, et elles n'avaient produit aucun effet. M. de la M... vint me voir. Je

(1) Mme B. vit encore, mais elle a tout oublié.

magnétisai sa main pendant quelques minutes, et le pouce qui était adhérent à l'*index* s'en détacha. Transporté de joie et d'étonnement, M. de la M... alla faire voir sa main subitement guérie au père Elisée qui lui dit gravement : CELA *a produit l'effet des douches.*

XXXV. Je ne dirai moi-même rien de la cure suivante. Je laisse parler seul le père de l'enfant, sans rien changer à son style, afin que les faits qu'il raconte conservent mieux leur autorité.

» Depuis l'âge où mon enfant a pu commencer à marcher, je me suis aperçu qu'il avait une grande faiblesse à la hanche droite, qui le faisait boîter.

» Je l'ai fait voir à un médecin qui l'a traité pour une descente. L'enfant a porté des bandages en futaine pendant deux ans environ.

» Comme son incommodité continuait, je l'ai fait voir à la consultation de M. DUPUYTREN, chirurgien en chef de l'Hôtel-Dieu, qui l'a traité pour maladie scrofuleuse. Nous l'avons traité pendant huit mois sans succès.

» Ne croyant pas que l'enfant était attaqué de cette maladie, je l'ai fait voir à M. DUBOIS, qui en dit autant (que M. Dupuytren), et ses ordonnances étaient à-peu-près les mêmes.

» Désespéré de l'état de cet enfant, je l'ai conduit à un autre médecin, qui nous prévint que, si nous ne faisions pas attention, l'enfant deviendrait estropié. Il nous ordonna de le mettre à la campagne, et d'observer un régime qui a duré trois mois. L'enfant jouissait d'une assez bonne santé, mais sa hanche et sa cuisse ne profitaient toujours pas, il boitait également.

» Je le fis voir encore à la consultation des médecins qui tiennent leurs séances à l'Hôtel-de-Ville. Après avoir examiné toutes les ordonnances que j'avais fait suivre, ces Messieurs m'ont demandé comment l'enfant était venu au monde, et si ma femme avait eu une heureuse couche. Je leur fis connaître que mon enfant était venu au monde, ployé en deux, et que ma femme avait eu une couche fort laborieuse. Ces Messieurs m'ont donné une ordonnance; huit jours après, ils me l'ont renouvelée. Mais l'état de mon enfant était toujours désespérant.

» Je voyais, tous les jours, les progrès de deux guérisons sur M. Blin (poëlier-fumiste) et son fils, demeurant rue du Pélican, n.° 5. J'ai su que c'était par le moyen du magnétisme, et que M.me d'Eldir avait la bonté de les traiter.

» J'ai conduit mon enfant, le 15 de mai 1816; huit jours après, nous remarquions un mieux sensible. Le 30 du même mois, la hanche était visiblement remplie, et la cuisse se fortifiait. Je l'ai mesurée avant d'être magnétisée, et, le 3 juin, elle était augmentée de six lignes sur la circonférence. L'enfant dit qu'il se trouve plus fort qu'il ne l'était. Nous remarquons qu'il boîte moins. La jambe étant un peu plus courte, on ne peut espérer de la voir égale à l'autre, puisque ce mal provient de naissance. Ce n'est qu'en grandissant, et par la vigueur du tempérament où l'enfant se trouve depuis qu'il est magnétisé, que nous pouvons espérer voir produire un phénomène.

» Le magnétisme a sauvé mon enfant; les soins que M.me d'Eldir lui a prodigués sont aussi merveilleux qu'elle y a mis de générosité et de bienveillance; je n'en atteste que la vérité. En foi de quoi j'ai signé.

LEMERCIER, *ouvrier bijoutier, rue Quincampoix*, n.° 11.

» Paris, ce 1.er août 1816. »

Une déclaration antérieure du même, est ainsi conçue :

« D'après l'examen que j'ai fait, dans mon état de somnambule, j'ai examiné mon enfant, et je l'ai bien trouvé, et j'en atteste la vérité.

Signé LEMERCIER.

» Paris, ce 26 juillet 1826. »

XXXVI. Un poêlier fumiste, demeurant rue du Pélican, n.° 10, et nommé *Louis-François* BLIN, fait la relation suivante de sa guérison et de celle de son fils âgé de huit ans; le père avait les membres perclus, et le fils était estropié du bras gauche (1).

« Le magnétisme a produit un bien si extraordinaire, que je dois à la reconnaissance tout ce qui est dans le cas d'intéresser ou de rendre authentiques les merveilleux effets opérés sur mon fils et sur moi.

» Depuis sept mois, par suite d'un travail forcé et de transpirations interceptées, je ressentais des douleurs dans tous les membres, une sécheresse et des craquemens dans les jointures, qui m'occasionnaient des douleurs continuelles, et me fesaient perdre l'usage de ces membres.

» On m'a traité pour la goutte, et tous les remèdes ont été administrés infructueusement, sans me donner aucun espoir de guérison, lorsque le hasard m'a fait connaître M.me d'Eldir; je lui ai exposé ma position malheureuse; je lui ai dit qu'étant père de famille, sans pouvoir gagner son existence, j'avais un fils de huit ans, estropié du bras gauche par suite d'une chute en tombant dans une cave; qu'un gonflement au coude existait depuis quatre ans, que tout annonçait qu'il

(1) On a cru ne devoir rien changer au style du fumiste ; on n'a corrigé que son orthographe : on a conservé celle de la signature.

s'y était formé un calus, car le bras était à moitié fermé, il ne pouvait plus s'en servir, et était devenu si sensible qu'on ne pouvait pas lui toucher. Un dépôt d'humeur s'y était fixé ; il y restait toujours une très-grande sensibilité. Cet enfant a eu des sangsues posées sur le col, une demi-heure après sa chute, et les pieds dans l'eau pendant neuf jours : vu que le médecin avait jugé qu'il avait *les sens tournés* et le cerveau *mutilé;* ayant été soigné pendant six semaines très-exactement, sans qu'on s'aperçoive de son bras; puis un vésicatoire au bras; une humeur ressemblante à une lèpre s'y étant répandue : tous les remèdes ont été employés infructueusement; ce bras ne prenait plus de nourriture, il était mince, et l'usage en était entièrement perdu.

» Tous mes malheurs ont vivement intéressé cette dame ; elle a eu la bonté de me faire asseoir ; j'étais surpris de ses paroles touchantes, et mes yeux se remplissaient de larmes. On peut juger de ma surprise, lorsque M.me d'Eldir, me passa la main à peu de distance du corps, et me fit éprouver un bien être qui ranimait mon esprit et mes forces. Après un quart d'heure de cette opération, je me suis senti d'une légèreté et d'un contentement inexprimable.

» L'esprit et le cœur remplis de tout ce que j'éprouvais, je me rendis dans ma famille.

» Le lendemain, j'ai amené mon fils près de cette dame; dès l'instant qu'elle lui a passé la main sur la tête, il s'est endormi. Mme d'Eldir lui demande: *Comment il se trouvait?* — R. *Très-bien.* — D. *Quel effet produit le magnétisme sur toi?* — R. *Je vois et je sens que vous me voulez du bien, et que vous me guérirez.*

» Des larmes me suffoquaient, je ne pouvais rien comprendre à ce que je voyais. Le bien que je ressentais déjà me paraissait aussi miraculeux. Mais, ce qui mit le comble à mon admiration, mon enfant raisonnait sur les effets de sa guérison. Il dit en riant: « Qu'il voyait que l'humeur de » son coude sortirait par les pores, et que le ma- » gnétisme produisait cet effet. » Il a ajouté « que » son bras serait mort entièrement sans le magné- » tisme. »

» A son réveil il n'avait aucun souvenir de ce qu'il venait de dire; et nous retournâmes chez nous, tous deux soulagés.

» J'ai commencé à être magnétisé le 21 avril 1816: mon fils le 22. Chaque jour nous ressentions des progrès à notre guérison. Je ne pouvais plus travailler depuis six mois. Le 28 avril, j'ai commencé à m'occuper. Ma maladie m'avait donné un fond de tristesse qui me rendait très-malheureux: peu de jours après le magnétisme, ma gaîté est revenue. J'ai repris également des forces; mon sommeil est très-bon. J'ai fait usage d'une bouteille d'eau magnétisée, par jour. J'ai pris dix bains de pied, d'une infusion de thym et de laurier, qui m'ont fait le plus grand bien; puis une vingtaine de bains d'eau de mauve pour mon bras droit, et deux médecines. »

Signé, Fransois BLIN, *poellier fumiste, rut dut Pelliquand, n.°* 5.

XI.

GOUTTE, RHUMATISME, SCIATIQUE.

XXXVII. *Zoé* PLANTIER, magnétisée en 1826, atteste en ces termes sa guérison.

« Depuis trois semaines, je ressentais des douleurs très-aiguës qui m'empêchaient de marcher. Cependant, je me suis rendue avec bien de la peine chez Mme d'Eldir; et parvenue près d'elle, elle m'a touchée environ deux minutes et ma douleur s'est passée de suite; et depuis ce moment je ne m'en suis plus ressentie. J'observe que ces douleurs étaient si violentes qu'il me semblait qu'on enfonçait des aiguilles dans ma cuisse. »

Signé, Zoé PLANTIER.

XXXVIII. Dans le courant du moi de mai 1826, Jean, mon porteur d'eau, ayant cessé de venir, je m'informe de lui : j'apprends que ce père de famille nommé *Jean* Gendre, demeurant rue St.-Honoré, n.° 339, avait gagné une fraîcheur qui, de temps en temps lui occasionnait des souffrances cruelles. Il avait été obligé d'aller dans son pays, croyant que l'air natal et la saison favorable pourraient le soulager. Bientôt il fut de retour; je le fis demander, il marchait avec beaucoup de difficulté.

Je lui pose le pied sur la partie souffrante : il ressent aussitôt un mouvement, une circulation qui le font pâlir. Je lui dis de marcher : il ne sent plus de douleur, plus d'incommodité. Le rire de cet homme de la nature a été d'une grande satisfaction pour moi.

Il a, par sa signature, attesté sa guérison.

XXXIX. M. Perrin, horloger, rue St.-Honoré, n.° 420, ayant été guéri, en une séance, de la sciatique, a écrit le 20 avril 1829, cette lettre à M.me d'Eldir.

Madame,

« Permettez-moi d'exprimer toute ma reconnaissance du bien que je ressens depuis que vous avez eu la bonté de me guérir.

» Depuis environ trois mois, je souffrais jour et nuit d'une sciatique douloureuse, depuis la hanche au pied droit. J'avais fait tous les remèdes possibles; mais, toujours souffrant, j'étais allé chez vous, non sans peine et la jambe traînante. Vous me fîtes asseoir : puis dirigeant votre action sur moi durant une minute, ce qui m'occasionna un engourdissement, une émotion que je ne pouvais définir, vous me dites ensuite de me lever de dessus la chaise et de marcher. Mais craignant encore la même douleur, j'ai hésité. Cependant, je me trouve debout et je marche aussitôt sans difficulté. Mon étonnement redouble de ne plus sentir mon mal. Grâce vous soit rendue, Madame! Le ciel m'a accordé par votre action la santé et le bonheur? J'ignorais ce que c'était que le magnétisme, je l'ignore encore : mais je n'oublierai jamais que vous m'avez guéri aussi promptement.

» J'oubliais de vous dire, Madame, qu'en rentrant chez moi, et voulant exécuter le conseil que vous m'aviez donné de me tenir chaudement, j'en ai bien senti la nécessité par le froid glacial qui venait de me descendre au pied : je le mis sur un réchaud ou j'ai été cinq minutes sans avoir de chaleur tant le froid était grand. Mais bientôt dans l'état naturel, j'ai pu agir et travailler sans incommodité.

» J'ai l'honneur d'être avec respect, etc.

Signé, PERRIN, horloger, rue St.-Honoré, n.° 420.

« Paris, 20 avril 1829. »

XL. Le 16 juin 1829, M. M., attaché au service

du Roi, ayant eu connaissance de la guérison subite de l'horloger Perrin, l'a prié de me demander s'il pourrait obtenir le même avantage pour une maladie semblable, mais plus récente et plus aiguë. J'ai consenti à recevoir M. M., qui est venu appuyé sur une canne, et soutenu de sa domestique.

Il s'est assis : tous ses mouvemens étaient douloureux ; il lui était impossible de se baisser.

Après deux minutes de magnétisme, je lui ai dit de se lever : il craignait encore ses douleurs.

Marchez ! lui dis-je ; et tout étonné, tout joyeux, il marche seul, sans bâton, et se trouve guéri.

Le lendemain, il est revenu avec une petite roideur sur les reins. Le même procédé a tout fait disparaître ; et, le même jour il m'a écrit pour me remercier, et me dire, entre autres choses : « Quant à ma reconnaissance, elle est bien vraie, » et digne de votre bonté. »

XII.

DIVERSES CURES MAGNÉTIQUES.

XLI. La fille d'un bijoutier, *Johanne* Guillemin, âgée de onze ans, avait des douleurs au bas ventre, aux reins, à l'estomac et au dos, de plus un engorgement d'humeurs au cerveau, si considérable qu'elle ne pouvait plus respirer. Son nez était très-gonflé, et depuis dix mois, les remèdes n'opéraient aucun soulagement.

Je lui pose la main sur la tête (1816), et soudain elle s'endort. Cinq minutes après, je lui demande la cause de sa maladie : elle l'explique parfaitement; et puis ordonne les remèdes nécessaires, c'est-à-dire, quelques simples purgatifs. L'humeur prend un cours salutaire, que seconde le magnétisme.

Cette jeune personne a été guérie en quinze jours. (*Voy.* le n.° VIII).

XLII. *Louise* Guillemin, sœur de Johanne, depuis six ans malade par suite d'une frayeur qu'elle avait éprouvée à l'âge de treize ans, lorsqu'elle commençait à être nubile, souffrait continuellement de l'estomac, du ventre, de la tête, des jambes. Ses nerfs étaient dans l'état le plus pénible d'irritation; elle ne digérait plus, et semblait menacée d'une mort prochaine.

Dès l'instant que je l'eus magnétisée, elle entra dans des convulsions qui auraient pu effrayer toute personne moins versée que je ne le suis dans la connaissance du magnétisme, et des crises qu'il opère sur les malades. Les membres de cette fille se tordaient; ses gémissemens redoublaient : j'étais obligée de la tenir de toutes mes forces. Tous ses maux se faisaient sentir à la fois.

Le lendemain la crise fut beaucoup moins violente; j'endormis la malade dans un calme parfait.

Le troisième jour, elle éprouvait une grande faiblesse. Après deux heures de sommeil magnétique, je la réveillai : son état paraissait satisfaisant.

Le quatrième, elle se trouva aussi faible que la veille. Un froid glacé s'était répandu sur tout son corps, et il fallut toute ma présence d'esprit pour la ranimer.

La mère était présente, et fort effrayée lorsque sa fille, en état de somnambulisme, la rassura, en me priant de redoubler d'action pour la sauver.

Trempée de sueur, encouragée par l'action du bien, je dirigeai cette crise terrible et salutaire. Enfin après deux heures de sommeil, cette jeune fille parut calme, et très-contente de sa position.

Je continuai de la magnétiser pendant une quinzaine de jours : toutes ses incommodités disparurent, la santé revint, et avec elle la fraîcheur du teint, et la gaîté qu'elle avait perdue depuis six ans. (*Voy*. le n.° VIII).

XLIII. Dans le courant du mois de juin 1814, une femme d'une quarantaine d'années, et d'une forte constitution souffrait des maux de reins depuis deux ans. Je l'ai magnétisée et endormie de suite; et, après trois semaines d'un repos magnétique, suivi d'un somnambulisme remarquable, toutes ses douleurs ont été détruites. Ce qu'elle a voulu attester en ces termes : « Je soussignée » déclare et certifie que M.me d'Eldir m'a guérie » des maux de reins que, depuis neuf ans j'éprou- » vais, et dont je suis guérie par le seul et unique » secours du magnétisme. »

Signé, Louveaux,
Rue du faubourg Montmartre, n.° 31.

XLIV. M.me Éliza R. de S. A., née baronne de P. a voulu attester, de la manière suivante, les effets qu'elle a éprouvés du magnétisme :

« Depuis mon enfance, je souffrais des migraines très-violentes, qui me mettaient dans un état de maladie presque continuelle. Mes yeux se gonflaient, et, trois ou quatre fois par mois, mon mal redoublait de manière à m'ôter la faculté de penser et de m'occuper. M.me d'Eldir, que j'ai eu le bonheur de connaître, au commencement de février 1814, a eu la bonté de me magnétiser ; et, depuis cette époque, je n'éprouve plus le moindre mal. »

Signé, Elisa R. de S. A.
née baronne de P.

XLV. M. le chevalier R. de S. A., adjoint à l'état-major, a reconnu qu'il doit au magnétisme la guérison de graves infirmités ; voici sa déclaration :

» Rentré des prisons d'Angleterre, malade par suite de blessures et d'infirmités graves, mais excité à la confiance au magnétisme, par la guérison de ma femme, j'ai prié M.me d'Eldir de vouloir bien avoir la bonté de consulter une de ses somnambules à mon égard. Cette dernière a parfaitement expliqué la cause de ma maladie ; elle m'a aussi donné une recette tellement bonne que je me suis empressé de faire le traitement indiqué. Douze jours ont suffi pour ma guérison radicale. Depuis cette époque, j'ai repris ma gaité ; mes forces sont revenues, ainsi que l'appétit.

» Presque chaque année, au renouvellement de la saison, et, depuis mon enfance, je ressentais des douleurs à la poitrine, qui m'empêchaient de respirer ; j'avais fréquemment des étourdissemens ; mon ventre se gonflait et devenait dur. J'ai consulté plusieurs médecins d'une grande réputation, tant en France qu'en Angleterre ; mais je n'eus jamais le bonheur d'être soulagé. C'est avec le plus grand plaisir, et une sincère reconnaissance que je signe la présente attestation en faveur de la vérité.

» Paris, le 15 mars 1814. »

Signé, le chevalier R. de S. A.
adjoint à l'état-major.

XLVI. M.me B..... était atteinte d'un mal

grave, et qui mettait ses jours en danger. Le sommeil avait fui; elle ne pouvait plus marcher, l'estomac ne digérait plus; la langueur et l'affaiblissement semblaient annoncer une crise prochaine. M.me B... fut magnétisée par M.me d'Eldir, comme l'avait été sa fille Julie, et avec le même succès.

Voici l'extrait d'une des lettres de M.me B...., écrite de Montmorency : (1817.)

» J'avais bien besoin d'être ranimée par vous. Résignation, espérance et courage : voilà ma devise, et c'est encore à vous que je la dois... Nous vous devons tout (ma fille et moi) : mon cœur reconnaissant en est pénétré. Croyez que je cesserai de vivre avant de devenir ingrate, et que vous serez toujours pour moi un être chéri....

» Comme l'eau est extrêmement mauvaise ici, et que je ne compte m'en retourner à Paris que le lundi de la semaine sainte, je vous aurais beaucoup d'obligation si vous vouliez m'arranger six bouteilles d'eau magnétisée... Je vous prierais d'y joindre un très-petit morceau de savon magnétisé, car je suis toujours obligée d'avoir recours, etc.

» Julie se joint à moi pour vous faire les plus tendres caresses. Sa santé est parfaite, et son appétit se ressent de la vivacité de l'air que l'on respire ici. Nous nous promenons beaucoup, et vous croirez facilement que votre nom est souvent prononcé par nous. Nous vous aimons cependant trop pour vous désirer dans cette saison-ci, car la campagne est encore inanimée.

» Adieu, Madame ! Que ce mot est pénible à mon cœur. Mais, je me console en pensant que j'aurai bientôt le bonheur de vous voir, et de vous assurer de vive voix du tendre et du respectueux attachement que vous a voué pour la vie, votre très-humble servante et bonne amie » (*Voy.* le n.° XXXIII).

XLVII. Madame L..... et M. le chevalier de S. E. furent magnétisés par M.me d'Eldir en 1822; le chevalier écrivit, le 22 décembre, une lettre dont voici un extrait : « Madame Leclerc va un peu mieux, grâces à vos soins sans doute, car il ne fallait pas moins qu'un miracle pour la sauver... Ma douleur d'oreille a également disparu, et j'ai de mon côté des graces à vous rendre. »

XLVIII. Un invalide était, par suite de ses blessures, dans un état critique et alarmant. Il n'invoqua pas envain la salutaire action du magnétisme, et il écrivit la lettre suivante à M.me d'Eldir.

« Madame,

» Vous serez sans doute fort étonnée de recevoir une lettre de la part d'une personne à laquelle vous avez rendu le plus éminent service, en lui rendant la santé; je fus moi-même très-étonné que ma maladie, toute grave qu'elle était, se soit passée aussi promptement, car je me suis senti soulagé en très-peu de temps; et, heureusement pour moi, je me vis hors de danger au bout de trois jours, et guéri. Maintenant, j'ai cru qu'il était de mon devoir de vous écrire pour vous remercier de l'intérêt que vous avez bien voulu prendre à moi : aussi je vous assure que je ne vous oublierai jamais, et que je conserverai votre souvenir autant que je vivrai.

» Agréez donc, Madame, tous mes remerciemens, etc. »

Signé GABRIEL (Marie), *militaire invalide*, 15.e *division*.

» Paris, le 14 mai 1827. »

XLIX. Un anglais, M. *Linley* ROSE, fils de M. Rose, clerc de la Chambre des Communes, en Angleterre, rend compte en ces termes, d'une guérison qu'il dut au magnétisme, en 1818.

« J suffered for three days from having sprained one of the fingers of the left hand, and the inflamation hindered me from moving the joint; j was introduced at M[rs]. Mercier d'Eldir an Indian, who had the complaisance to examine it, the told me that the magne-

« Je souffrais, depuis trois jours, d'un effort que je m'étais fait à un des doigts de ma main gauche. L'inflammation, qui en était résultée, m'empêchait de remuer la jointure, lorsque je fus présenté à une dame indienne nommée Mme Mercier d'Eldir.

tisme would cure me, and had the complaisance to magnetise my hand, and in a instant the inflamation disappeared, and the finger ended hurting me and j found myself cured. Three minutes were taken to cure me.

» *Signed,* LINLEY ROSE, son of M. Rose, committe clerk House of Commons. »

» Paris, the sept. 21 1818. »

Elle eut la bonté de l'examiner, et me dit que le magnétisme me guérirait; effectivement ayant eu la complaisance de magnétiser ma main, l'inflammation disparut en un instant, le doigt cessa de me faire mal, et je me trouvai guéri. Trois minutes suffirent pour opérer cette cure. »

» *Signé*, LINLEY ROSE, fils de M. Rose, clerc de la Chambre des Communes.

» Paris, ce 21 septembre 1818. »

L. M.me la marquise de F...., qui joint à un esprit supérieur, toutes les vertus de son sexe, et une piété éclairée, ayant éprouvé les salutaires effets du magnétisme, écrivait à M.me d'Eldir, le 1.er janvier 1829 : « Ma chère et *bonne Esculape* et son digne époux recevront ici l'expression de tous mes vœux, et celle de ma vive reconnaissance. Puisse la santé qu'elle donne la suivre constamment pour elle-même ! »

Signé, la MARQUISE DE F.....

Ce serait nommer son digne époux que de rappeler ses titres à la grande réputation dont il jouit dans le monde savant. Je me bornerai à dire qu'il a aussi éprouvé les bienfaits du magnétisme. Il a rendu plusieurs fois ce témoignage : «Un

» rhumatisme m'ôtait presque l'usage d'un de » mes bras ; je pouvais à peine l'élever de quelques » pouces : il fut un moment magnétisé par » M.me d'Eldir, et soudain je l'élevai à la hauteur » de ma tête. »

XIII.

DU MAGNÉTISME A DISTANCE.

M. Corbeau a consigné le fait suivant dans une brochure sur le Magnétisme, écrite en anglais et publiée à Londres. (La traduction est de la main de l'auteur)

» Le somnambulisme est plus passif qu'actif, plus influencé qu'il n'exerce d'influence. Le corps obéit à sa volonté, et, chose singulière, souvent à celle du magnétisme ; sa propre volonté n'est pas détruite, mais elle est en quelque façon subordonnée. Un exemple de ce phénomène, qui peut mériter d'être rapporté ici, et qui, au besoin, serait attesté par plusieurs témoins dignes de foi, s'est placé depuis peu dans le cercle de mes observations.

» Une dame indienne, dont la puissance magnétique est supérieure à tout ce que je me suis trouvé à portée d'observer en ce genre et en toute autre personne, fut invitée par quelqu'un de sa société, à faire une expérience qu'il suggéra, relativement à l'étendue dont était susceptible la faculté de *volition* ; il s'agissait de savoir si un individu, qui alors se trouvait dans une autre pièce de l'appartement, non contigue, mais séparée, par plusieurs portes fermées, de celle où était la société, pourrait être mis en crise somnambulique, d'après la volonté, mentalement exprimée de cette dame, et, dans cet état, se présenter devant elle. Celle-ci (de qui des faits du même genre, mais plus extraordinaires encore, pourraient être rapportés), se recueillit pendant quelques instans, magnétisa à cette distance, par une opération purement mentale et sans aucune démonstration extérieure, l'individu dont je parle, et qui, depuis quelque temps, avait été habituellement soumis à son influence. Alors cet individu, après avoir successivement ouvert les portes par lesquelles il avait été séparé de nous, se présenta dans l'état de somnambulisme, et vint prendre les ordres de la dame dont il s'agit. »

— M. le comte D., conseiller d'état, est magnétiseur, et ce qu'on appelle improprement *somnambule*. Il habitait sa maison de campagne au mois d'avril 1815. Voici l'extrait de deux lettres que sa femme écrivit alors à M.me d'Eldir.

» .... ce 4 avril 1815. »

» Il est bien aimable à vous, Madame, d'avoir songé à moi, et cherché à me faire du bien, même après mon départ. Recevez, je vous prie, tous mes sincères remercîmens à ce sujet, et aussi tous ceux que je vous dois pour le pouvoir que vous avez voulu me transmettre sur M. D. J'en sens d'autant mieux le prix, qu'il peut servir à lui faire du bien. Au moyen de la plaque et de la chaîne je l'ai endormi, mais n'ai pas été satisfaite de sa lucidité. Il s'est trompé sur tout ce qu'il m'a dit. Nous sommes convenus ensemble (lui endormi), que je vous demanderais quelques feuilles ou fleurs du petit arbre qui est dans votre chambre, en vous priant, avant de les mettre dans la lettre pour me les envoyer, de les magnétiser fortement. Il croit que ces feuilles, placées sur la poitrine, augmenteront beaucoup mon pouvoir sur lui.

» Vous voyez, Madame, que je ne crains pas d'abuser de votre complaisance. J'en ai déjà trop souvent usé pour ne pas en connaître toute l'étendue. C'est en pensant à tous vos bons soins pour moi, que je vous demande d'agréer l'expression sincère de toute ma reconnaissance.

Signé C. D.

» .... ce 21 avril 1815.

» Hier, j'ai essayé d'endormir M. D., et n'ai pu réussir complètement. Je vous demande donc de vouloir bien renouveler mes provisions, et vous prie d'agréer de nouveau l'expression sincère de ma reconnaissance.

Signé C. D.

» *P. S.* Si, par hazard, vous aviez quelques nouvelles à nous donner sur vos somnambules, nous vous demandons de nous les écrire par M. de la M..., qui est en ce moment à Paris, et doit revenir bientôt ici. Mme de la M..., qui demande à être rappelée à votre souvenir, désire savoir si elle doit porter encore le cordon de laine rouge que vous lui avez donné. Voici un long *post-scriptum*, Madame, à la suite duquel je vous prie d'agréer, de la part des deux sœurs, complimens et remerciemens sincères. »

— M. le comte de G., membre de la chambre des députés, qui joint à un esprit éclairé le talent de l'observation, qui ne se refuse point à croire quand il a vu, et qui trouve sans réfutation possible la logique des faits, vint un jour prier Mme d'Eldir de le magnétiser *à l'intention* de Melle R. qui était dangereusement malade *à deux cents lieues de Paris*; et, le 22 juillet 1825, il écrivit à Mme d'Eldir :

» Madame,

» Vous avez et devez avoir ma première pensée avec mes sincères remerciemens. Votre belle ame s'est jointe à la mienne pour procurer quelque soulagement à un misérable corps. Vos nobles vœux ont été remplis. M.elle R. est mieux, et j'espère maintenant terminer, autant bien qu'il est possible, l'œuvre charitable et toute naturelle que nous avons, à Paris, commencée de moitié. Un cœur comme le vôtre, trouvera, sans nul doute, dans l'annonce de ce mieux sensible de la malade, sa plus digne récompense; et moi, je trouve mon bonheur à vous consacrer mes premiers momens. Veuillez, etc. »

XIV.

QU'EST-CE QUE LE MAGNÉTISME?

(*Extrait des notes de M.me d'Eldir.*)

L'année 1815 fut remarquable par les nombreux effets magnétiques produits sous mon influence. Je citerai le fait suivant pour la vérité que j'aime, et qui plait aux belles âmes.

Un officier du génie, M.***, grand détracteur du magnétisme, me fut présente par M.me de Ch. J'étais ce jour là mécontente, peut-être de mauvaise humeur; mais excitée par le désir de vaincre cet esprit fort dont les manières et le ton ironique me déplaisaient beaucoup, je le regarde d'un œil sévère, et, levant la main sur sa tête, je lui dis :

vous n'êtes qu'un ver de terre! tout-à-coup l'officier du génie frissonne, balbutie, ferme l'œil et s'endort. Tous les spectateurs (M.me de Ch. avait amené sa famille) étaient étonnés de le voir sans mouvement, et dans l'attente des suites de cette soudaine métamorphose.

Je demande à l'officier, comment il se trouve? point de réponse.

Je renouvelle la même question; un soupir soulage son ame oppressée. Mais bientôt, libre d'exprimer ses sentimens : « Oh! quelle leçon, » dit-il, je reçois de votre puissance magnétique! » pardonnez, Madame, pardonnez à un être qui » tout à l'heure encore savait peu, doutait de » tout, et que vous forcez de croire à la vertu qui » dirige vos actions..... »

A son réveil, tout surpris de l'absence de ses facultés physiques et morales, il dit que mon action avait produit sur lui un effet qu'il lui serait impossible de définir et d'exprimer. Son incrédulité fut ainsi vaincue.

—Une autre fois, M. ***, qui habitait la ville de Rennes, philosophe et ami des sciences, me fut présenté, accompagné d'un Garde du Corps de sa connaissance. J'avais beaucoup de monde; le philosophe désirait s'instruire sur le magnétisme, et me demandait en quoi il consistait : « Hélas! lui » répondis-je, il serait bien difficile de vous éclairer

» sur une chose qui me semble aussi obscure qu'à » vous-même. Mais ce qui est évident, ce sont les » guérisons. Cependant, Monsieur, ce jeune Garde » du Corps, probablement connu de vous, pourra » vous en dire plus que moi. »

En même temps, j'arrête mon regard sur le jeune homme, je dirige de la main mon action sur lui; ses yeux se ferment, et il reste immobile. Je lui parle, il me répond qu'il se trouve dans l'état de somnambulisme. Je dis au philosophe de l'interroger, après l'avoir mis en rapport avec lui. Il reçut ainsi des renseignemens sur l'état de sa santé; il écrivit les recettes indiquées avec précision, et déclara qu'il voyait, sans les comprendre, les mystères de la Nature.

—Sous l'empire d'une volonté plus ou moins puissante, le Magnétisme ajoute à l'activité du sang, calme les nerfs, ranime les forces, et semble donner une nouvelle existence; mais ses effets ne sont ni généralement, ni également sentis. Tout dépend de l'organisation du malade. Ces effets s'opèrent quelquefois subitement, plus souvent graduellement, presque toujours efficacement. Peu importe la croyance du malade : il suffit de ne pas repousser l'action bienfaisante du magnétiseur.

Les malades magnétisés sentent ordinairement de l'engourdissement, une douce langueur qui les contraint à un sommeil paisible; bientôt une chaleur agréable qui se répand sur la partie du corps la plus souffrante, puis des sueurs salutaires, ou simplement des moiteurs qui occasionnent le bien-être d'un bain.

— Le Magnétisme est dans toute la nature. Les zéphirs qui agitent le feuillage, l'air qui purifie l'atmosphère, l'influence des astres, le Soleil souriant dans les plaines azurées, l'équilibre et l'attraction qui sont les lois des mondes, les antipathies et les sympathies remarquées dans les trois règnes attestent des moyens et des effets universellement magnétiques.

— C'est en puisant aux sources intellectuelles qu'on peut acquérir la vraie science.

Le Magnétisme détache l'ame des sens et fait admirer les merveilles du créateur.

De même que la chaleur et la lumière, sources de la vie et de la fécondité, émanent de la puissance divine : de même les effets merveilleux du Magnétisme sont un présent du ciel : l'homme ne doit point se les attribuer. Le Magnétisme est une émanation du créateur : le bien ne peut provenir que du bien.

— On ne peut plus raisonnablement douter de l'existence du Magnétisme, on ne peut que nier l'étendue et la force de son action. Cette action peut-elle s'étendre à toutes les maladies? La rosée ne vivifie-t-elle pas toutes les plantes? le Soleil, roi visible de la Nature, ne leur donne-t-il pas la chaleur nécessaire ? cependant il n'y a dans notre monde, qu'une rosée et qu'un Soleil, et la terre engendre et nourrit des milliers de plantes et d'êtres différens. Pourquoi le Magnétisme, qui vient de l'ineffable bonté de Dieu, n'opérerait-il pas de même salutairement sur toutes les maladies? c'est un bienfait incontestable de l'auteur de toutes choses, et aussi incompréhensible aux hommes que le sont la rosée et le Soleil.

ADDITION.

I. Une allemande, nommée *Rosalie Schaumacher*, rend le compte suivant de sa cure magnétique : j'étais malade depuis un an, par suite d'un battement de cœur violent, et consumée par une fièvre qui me retenait au lit, faible et languissante. Les médecins, croyant que j'avais un anévrisme au cœur, m'avaient condamnée, lorsque Mme d'Eldir, dont l'humanité dirige les actions, se donna la peine de me visiter : c'était à la fin d'octobre 1828 ; ma palpitation était si violente, qu'on me croyait à chaque instant, à la fin de mes jours. Mme d'Eldir me pose la main sur le cœur, les palpitations cessent aussitôt ; la fièvre me quitte aussi subitement et le calme succède à cet état désespérant.

Le lendemain j'étais déjà beaucoup mieux; et Mme d'Eldir ayant renouvelé son action trois jours de suite, je me suis vue hors de danger.

« J'atteste ici que c'est à la science magnétique que je dois mon existence. »

Signé *Rosalie* SCHAUMACHER,
Rue Neuve du Luxembourg, n° 6.

» Paris, le 25 août 1829. »

II. Plusieurs personnes prétendaient que le somnambulisme n'agissait que sur les individus malades. Après nombre d'exemples du contraire, je citerai celui d'une fille de boutique (rue de Richelieu) qui, extrêmement fraîche, colorée et bien portante, a été endormie sur-le-champ (1814), et a répondu à mes questions.

D. Comment vous trouvez-vous?

R. Parfaitement bien?

D. Pouvez-vous voir la maladie de votre maîtresse?

R. Oui, madame. Ma maîtresse a le pylore dérangé : c'est ce qui est cause de ses mauvaises digestions et des vomissemens qui la tueraient si elle ne prenait pas le remède que je vais lui indiquer : elle doit faire usage d'extrait de genièvre le matin, et dans le courant de la journée. Elle peut prendre également une infusion faite avec une pincée de quinquina dans un verre d'eau, pendant quatre jours. »

A son réveil, cette jeune fille ignorait ce que c'était que le pylore.

Endormie une seconde fois, on fit entrer un jeune homme dont elle n'avait jamais entendu parler. On ignorait qu'il fut malade. Je dis à la somnambule de l'examiner. Tout-à-coup elle se plaint de ressentir sur tout son corps un feu, une démangeaison semblable à tout ce que ce jeune homme devait souffrir. Je la calme, pour entendre le jeune homme qui dit : « Etant, un » jour d'hiver, sur la glace du canal de l'Ourcq, » je me suis échauffé en poussant un traîneau, » j'avais le corps en sueur : j'ai été saisi par le » froid; ma peau est devenue rouge; des déman- » geaisons affreuses me tourmentent depuis cette » époque. »

La somnambule lui a ordonné de prendre le remède suivant en frictions :

» Une poignée d'yèble, une de bouillon blanc, une d'ortie blanche, avec un quart de livre de » graisse de porc mâle : le tout bouilli dans un pot » de terre vernissé neuf; puis en faire une pom- » made pour se frotter le corps partout où les » démangeaisons se fesaient sentir; faire ces fric- » tions près d'un feu de bois de sarment, et se » tenir chaudement. »

Le jeune homme a suivi l'ordonnance, et a été parfaitement guéri.

Mais après avoir été réveillée. la fille de boutique somnambule refusa de croire qu'elle eût dicté elle-même cette ordonnance.

PORTRAIT *de* M.me ALINA D'ELDIR, (*extrait d'un ouvrage anglais, publié à Londres par* M. CORBEAU, *et traduit par lui-même.*)

Une dame indienne, qui, par sa naissance, était destinée à tenir un rang élevé dans son pays, mais qui, par une suite de circonstances funestes, se trouve actuellement résidente à Paris, et dont la puissance magnétique surpasse tout ce que j'ai vu d'aucune autre part, me fournit encore la matière de cet argument, (l'existence du fluide magnétique). Ayant beaucoup fréquenté sa maison, j'ai souvent remarqué que des personnes de sa société se sont trouvées soulagées de différentes douleurs, en conséquence seulement de ce qu'elles avaient, pendant quelque court espace de temps, occupé des sièges dont elle s'était servie; et cet effet est un de ceux dont j'ai fait l'expérience personnelle. J'ai aussi remarqué que plusieurs personnes admises chez elle, avaient éprouvé pendant le temps qu'elles y étaient restées, une sensation de calme et d'aise, ainsi que d'autres effets plus ou moins sensibles, mais également inattendus, et qui ne pouvaient être attribués qu'à un effluve magnétique et abondant, qui remplirait les parties de son appartement qu'elle occupe le plus constamment. Je l'ai vue, lorsque ses secours étaient réclamés par un plus grand nombre de personnes à la fois qui ne pouvaient être l'objet de ses soins particuliers, distribuer entre elles différens objets qui avaient été à son usage personnel : à l'un son schall; à l'autre son mouchoir; à un troisième quelqu'autre objet, qui bien rarement manquaient de produire les effets désirés, de dissiper des douleurs locales, et quelquefois assez considérables. Elle réalise littéralement ce qui est dit de *St. Paul* au 12me verset du 19me chapitre des *Actes des Apôtres*. Pénétrée d'un sentiment de véritable charité chrétienne, elle ne fait aucune distinction entre les personnes opulentes, ou d'un rang élevé, et les plus pauvres créatures que le hazard lui amène : ses soins sont les mêmes pour les uns que pour les autres, et ils se partagent entre tous avec une égale persévérance. Son caractère réunit à la fermeté nécessaire, un calme et une douceur qui ne se dément jamais. Simple en ses manières, elle nourrit au plus haut degré le sentiment de tous les devoirs moraux et religieux. Avant d'entreprendre une cure, dans aucun cas important, elle ne manque point de demander au Tout-Puissant, de lui accorder la force nécessaire pour l'accomplir, et lui en rend grâces pareillement après le succès, à l'égard duquel son attente se trouve rarement trompée. Elle est humble et désintéressée, rapporte à celui qui est l'auteur de tout bien, le mérite des œuvres qu'elle met en pratique; et cette disposition habituelle de l'esprit, en excitant en elle un degré extraordinaire de ferveur interne, contribue beaucoup sans doute à l'extension peu commune de sa puissance magnétique. »

XV.

A M.me D'ELDIR.

J'ai vu la mort planer sur ma jeunesse,
A son approche on m'entendait gémir :
Né ce matin, disais-je avec tristesse,
Ce soir il faut mourir.

Déjà la nuit, variant mon supplice,
Creusait l'abîme où j'étais attendu :
Mais, pour me tendre une main protectrice,
Un ange est descendu.

Pour me sauver, du sexe le plus tendre,
Il prend les traits, les vertus et le cœur :
Sous cette forme, il se plaît à me rendre
La vie et le bonheur.

Le noir trépas s'enfuit à sa présence.
Mes yeux charmés se sont ouverts au jour;
Mon ame s'ouvre à la reconnaissance,
Et mon cœur à l'amour.

Voici l'instant de te prier pour elle :
Ecoute, ô Dieu! les heureux qu'elle a faits!
Daigne égaler, pour la rendre immortelle,
Ses jours à ses bienfaits!

M. E. A.

Quelle aimable langueur s'empare de mon ame!
Tout mon être s'endort dans un calme enchanteur;
Quelle divinité daigne au fond de mon cœur
Répandre cette douce flamme!

C'est toi, noble d'Eldir, ô soleil bienfaisant!
Oui, sans doute, c'est toi dont la vive influence
Sur l'ame des mortels exerce sa puissance
Plus rapide que le torrent.

Il n'est que peu d'instans, la douleur la plus sombre
Sur mon corps, sur mon ame allait s'appesantir.
Je pénètre vers toi, je me sens tressaillir :
La douleur s'enfuit comme une ombre.

(*Par* M. P..., *dans l'état magnétique.*)

VERS SUR LE MAGNÉTISME.

Fluide bienfaisant, source de l'existence,
Quel charme vient s'unir à ta douce influence?
Ah! tu sais à-la-fois de l'esprit et du corps
Ranimer l'énergie et doubler les ressorts.

(*Par* LE MÊME, *dans l'état magnétique.*)

NOTICE BIOGRAPHIQUE

SUR MESMER.

AVERTISSEMENT.

Cette Notice, rédigée il y a environ dix ans, par *Charles-Marie* PILLET et par M. GENCE, avait été destinée pour la *Biographie universelle*. Mais, malgré l'esprit purement historique et impartial de la Notice, elle heurtait l'opinion d'académiciens-rédacteurs influens, qui, par esprit de corps, repoussaient non-seulement la doctrine, mais aussi les faits du magnétisme. Un second article fut substitué au premier, et l'on n'eut aucun égard aux observations de M. Gence, qui demandait que l'on consignât au moins les aveux de M. de Jussieu, sur les phénomènes reconnus par ce savant. On préféra de présenter, dans la *Biographie*, Mesmer comme un charlatan, et le Magnétisme comme une duperie.

C'est avec la même bonne foi que l'on a rejeté, de la *Biographie*, l'article *Saint-Martin* de M. Gence, pour présenter ce personnage comme un visionnaire, en s'appropriant toutefois la partie biographique, mais en y mêlant des motifs supposés, et en substituant des détails de pure imagination à ceux qui pouvaient, par une analyse exacte des faits, éclairer le lecteur.

G.

MESMER (ANTOINE), médecin allemand, célèbre par la vogue qu'il sut donner au magnétisme animal, auquel il a même pendant quelque temps attaché son nom, naquit en 1734, à Merspurg, sur les bords du lac de Constance (1). Dans le cours de ses études médicales, qu'il fit sous Van-Swieten et De Haen, il avait été frappé de quelques guérisons opérées par le moyen de l'aimant sur des ophthalmies, des maux de dents, etc., d'après les expériences faites en France, par Lenoble, dès 1754 : mais, portant plus loin ses vues, il soupçonna que cette puissance magnétique pourrait bien être un agent universel, répandu dans toute la nature, et qui serait le principe de l'attraction de tous les corps. Il reconnut dans l'homme la faculté d'agir sur les organes de ses semblables, par des moyens fort simples, mais dont l'efficacité dépend de la volonté de celui qui les emploie. Les succès qu'il obtint, dit M. Deleuze, lui donnèrent une idée exagérée de sa puissance. Séduit par l'espérance d'être l'auteur d'une théorie qui expliquerait presque tous les phénomènes de la nature, et d'où résultait un genre de traitement qui devait guérir toutes les maladies, il creusa cette idée, et en vint à se persuader que les astres exercent une action directe sur les corps animés, et particulièrement sur le système nerveux. Il donna le nom de *Magnétisme animal*, à cette propriété du corps humain qui le rend susceptible de l'action des corps célestes, et il en fit le sujet de sa thèse inaugurale, *De planetarum influxu*, qu'il soutint à Vienne, en mai 1766. Il établit chez lui une maison de santé, où il traitait gratuitement les malades par le magnétisme, dans lequel il voyait un remède universel. Il multiplia ses expériences, publia dans les journaux la relation des cures qu'il avait obtenues, trouva des partisans et des contradicteurs. Témoin du bruit que faisaient en Allemagne les guérisons que Gassner opérait par la simple imposition des mains (*Voy.* GASSNER, XVI, 539), il

(1) C'est par erreur que l'auteur du *Conservation's Lexicon*, et d'autres biographes, ont avancé que Mesmer était Suisse. Dans sa thèse inaugurale de 1766, il prend lui même le titre de *Maris-Burgensis Acron. Suev.*, c'est-à-dire, natif de Merspurg en Suabe.

voulut en être spectateur, n'en contesta point la réalité, et crut pouvoir les rattacher à son système, dont elles n'étaient, selon lui, qu'un cas particulier, qui néanmoins lui fit peut-être introduire des changemens notables dans sa pratique. Retourné à Vienne, pour continuer ses expériences, il conserva les barreaux aimantés, etc., comme un puissant auxiliaire; mais la base essentielle du traitement consista dans la *magnétisation*, ainsi appelée parce que le procédé employé par le magnétiseur, pour se mettre en rapport avec son malade, a quelque analogie avec celui donton se sert pour aimanter un barreau d'acier, en passant à plusieurs reprises, et toujours dans le même sens, un aimant le long de la surface du barreau : de même le magnétiseur, placé en face du malade, lui pose les mains sur les épaules, et après une ou deux minutes, les descend le long des bras pour lui prendre les pouces, qu'il garde pareillement une ou deux minutes : on recommence ces passes cinq ou six fois, selon la susceptibilité du malade, qui doit rester absolument passif; mais une grande patience, une forte volonté, une attention soutenue sont indispensables dans le magnétiseur (1). Le rapport étant une fois établi, le médecin, par des passes du même genre, peut imprimer au fluide magnétique du malade la direction convenable à sa guérison, le faire entrer en crise, l'en rappeler, le mettre en rapport avec d'autres magnétisés, et produire divers phénomènes dont le détail serait trop long; tout cela quelquefois par des passes exécutées à distance et sans contact immédiat. Mes-

(1) Tel est du moins le procédé généralement suivi actuellement : ceux de Mesmer tenaient à un autre système fondé sur la supposition qu'il y a des pôles dans le corps humain, et qu'on ne peut agir qu'en opposant un pôle à l'autre; toute sa méthode se composait de procédés réguliers et coordonnés dont l'emploi exigeait une assez longue éducation. La théorie de ses *pôles* et de ses *courants*, aujourd'hui abandonnée, est développée dans les *Aphorismes de M. Mesmer* (publiés par Caullet de Vaumorel), Paris, 1785, in-24.

mer continua de publier la relation des cures qu'il obtenait par un moyen aussi simple ; les médecins, comme on pouvait s'y attendre, se liguèrent contre lui : il fut taxé de supercherie, et forcé de suspendre ses traitemens. Le mauvais succès de la cure de M.lle Paradis (ou Paradies), aveugle dès l'âge de quatre ans (*Voy.* KEMPELEN, XXII, 286), à laquelle il avait rendu la vue, mais qui la reperdit par un accident étranger au magnétisme, le dégoûta du séjour de Vienne ; on prétend même qu'un ordre supérieur l'obligea de quitter celle ville, en 1777. Il vint à Paris en février 1778, se flattant d'y trouver plus facilement des prosélytes (2). L'attrait de la nouveauté excita en effet l'attention publique pendant quelque temps : Mesmer traita, par le magnétisme, un certain nombre de malades, en guérit quelques-uns, et crut devoir donner à ses procédés un appareil imposant, et pour ainsi dire solennel. Ayant à s'essayer sur un grand nombre de malades à la fois, il leur faisait faire la *chaîne*, comme dans les expériences électriques, les rangeait autour d'un *baquet* (3), ou d'un arbre magnétisé quand la saison le permettait. Il ne négligeait pas non plus le secours de la musique, et surtout de l'harmonica, pour disposer ses malades à recevoir l'action du *fluide magnétique*. Ses disciples ont depuis abandonné ces moyens extraordinaires qui sentaient l'ostentation, et que Delille a rappelés dans ses vers du poème de l'*Imagination* :

De malades plus gais une docile troupe,
De cordons entourés, et des fers sur le sein,
En cercle environnaient le magique bassin, etc.

(2) Mesmer eut toute sa vie une affection particulière pour la nation et pour la langue française ; et même, sur la fin de ses jours, il disait que lorsqu'il avait quelque chose à écrire en allemand, il ne pouvait s'empêcher de commencer par le penser en français.

(3) On donnait ce nom à une caisse de bois ronde, contenant du verre pilé, de la limaille de fer et des bouteilles remplies d'eau magnétisée, rangées symétriquement. Cette caisse était garnie de conducteurs mobiles, pour diriger le fluide.

La plus grande partie du public ne voyait dans toutes ces opérations que du charlatanisme. Les savans demandaient une théorie qui expliquât l'action de ce prétendu fluide ; et malheureusement les ouvrages précédens de Mesmer, et ceux qu'il mit au jour en cette occasion, étaient loin de satisfaire les physiciens. On crut y voir une réminiscence de la philosophie corpusculaire, et des systèmes de Goclénius, de Maxwell et de Van-Helmont. Mesmer sollicita long-temps l'académie des sciences, la société royale de médecine, et d'autres corps savans, de nommer des commissaires pour examiner, non son système, mais la réalité des guérisons qu'il opérait. Les académiciens lui montrèrent, chacun en particulier, la plus grande politesse : il crut en avoir convaincu plusieurs ; mais il ne put déterminer l'académie à s'occuper du magnétisme animal dans ses séances. Quelques médecins s'étaient pourtant déclarés en sa faveur : l'un d'entre eux, Deslon, publia, pour soutenir son système, des *Observations sur le magnétisme animal*, 1780, in-8. Son zèle fut mal accueilli par la faculté : il fut rayé du rôle des docteurs-régens, ainsi que ceux de ses confrères qui voulurent se mêler de magnétiser. Fatigué des contradictions qu'il éprouvait, Mesmer annonça son intention de quitter la France, et fixa le 15 avril 1781, pour le jour de son départ. Ses admirateurs s'alarmèrent, et résolurent d'employer tous les moyens pour le retenir : on intéressa la reine en sa faveur. Cette princesse, accordant avec plaisir sa protection à un docteur de Vienne, qu'elle regardait comme son compatriote, crut servir la cause de l'humanité en travaillant à lever les obstacles que les médecins français ne mettaient, lui disait-on, à l'approbation du magnétisme, que par esprit de corps. Elle promit d'obtenir la nomination de commissaires qui feraient un rapport; mais ces négociations durèrent long-temps. En attendant, on voulut obtenir de Mesmer la connaissance des moyens par lesquels il avait opéré tant de prodiges ; on lui proposa donc de former des élèves. Il y consentit; mais prévoyant sans doute de nouvelles contrariétés qui lui permettraient difficilement d'exercer son état en France, il désira s'assurer une fortune indépendante : il promit d'enseigner sans réserve toute sa doctrine, à cent personnes qui lui paieraient cent louis chacune. Cette espèce de souscription fut remplie, et les disciples s'engagèrent au secret, jusqu'à ce que leur nombre fut complet : on prétend même qu'on versa entre ses mains plus de cent mille écus. Quelques-uns de ses élèves, dès qu'ils se crurent assez instruits, se répandirent dans les provinces, et jusque dans les colonies, y élevèrent des baquets, y fondèrent des sociétés magnétiques. Deslon, le plus ancien d'entre eux, s'inquiétant peu du décret qui l'avait rayé de la faculté, avait aussi formé des disciples, sous le sceau du secret. La faculté de médecine de Turin voulut prendre connaissance de ce nouveau procédé curatif : un élève de Mesmer y vint magnétiser avec grand appareil un arbre de l'allée de Rivoli. Doppet, élève de Deslon, et qui s'était flatté de l'honneur d'introduire le premier le magnétisme dans sa patrie (*Voy.* DOPPET), en conçut du dépit, se prétendit dégagé du secret, et publia son *Traité théorique et pratique du magnétisme animal* (Turin, 1784, in-8.°); opuscule superficiel qui mettant à découvert la mauvaise humeur de l'auteur, était plus propre à décrier la nouvelle doctrine, qu'à lui concilier des partisans : mais un revers plus funeste attendait le mesmérisme à Paris. Les rapports des commissaires parurent enfin; il y en eut quatre : le 1.er au nom de l'académie des sciences, par Franklin, Lavoisier, Bailly, Leroi et de Bory; Franklin était malade et n'y eut que peu de part; le 2.e par Darcet, Majault, Sallin, Guillotin, au nom de la faculté de médecine; le 3.e par Poissonnier, Desperrieres, Caille, Mauduyt, Andry, au nom de la société royale de médecine. A. L. de Jussieu, qui faisait partie de cette dernière commission, et qui s'était montré le plus assidu aux traitemens, refusa de signer le rapport de ses collègues, et publia le sien séparément; ce fut le seul qui fut favorable au magnétisme : enfin un rapport secret, rédigé par quelques-uns des commissaires de l'académie des sciences, pour être mis sous les yeux du roi, présenta le nouveau genre de traitement comme dangereux pour les mœurs; il a été imprimé pour la première fois dans le *Conservateur* de M. François de Neuchateau, (tom. 1, p. 146). Les trois autres rapports décidaient que le magnétisme animal n'était qu'une chimère, et que les cures magnétiques n'étaient que le résultat de l'imagination frappée de gens simples qui se prêtaient à ces manœuvres. Cette décision fut comme un coup de foudre pour Mesmer : quoiqu'il eût déjà formé plus de trois cents élèves, et Deslon cent soixante, parmi lesquels on comptait vingt-un médecins, la masse du public regarda la question comme décidée. En vain Mesmer objecta que les commissaires n'avaient pas examiné ses traitemens, mais ceux de Deslon, et qu'il désavouait ce dernier, comme s'étant séparé de lui avant d'avoir acquis une connaissance suffisante de la vraie théorie du fluide magnétique. Deslon opposa lui-même aux commissaires les contradictions de leurs rapports, et la passion qu'ils n'avaient pas cherché à dissimuler. Des hommes d'un talent distingué, et dont la bonne foi et le désintéressement ne furent jamais soupçonnés, prirent la plume en faveur du magnétisme. M. Bergasse, qui croyait lui devoir la vie, écrivit surtout avec beaucoup de chaleur; l'avocat-général Servan, alla même établir (août 1786) un traitement magnétique à Lausanne. On compta encore parmi les adeptes les plus zélés M. de Lafayette, l'avocat Gerbier, et le fougueux parlementaire d'Eprémenil. Tous ces suffrages furent inutiles; la décision des commissaires de l'académie passa dans le public comme chose jugée. La nouvelle découverte fut poursuivie par le ridicule : on nia les faits les mieux attestés; on traita d'enthousiastes ceux qui les avaient vus. Mesmer et ses partisans furent joués sur les theâtres; les pamphlets plurent sur eux de tous côtés : la société de médecine raya de son tableau ceux de ses membres qui ne voulurent pas abjurer un moyen qu'elle avait proscrit ; « Et il n'y eut plus, « dit M. Deleuze, que des « hommes courageux et zélés « pour le bien, qui osassent « faire des observations, et « se dévouer pour une cause « qu'ils croyaient être celle « de l'humanité. Cette pros- « cription étant d'autant plus « fâcheuse, que les effets du « magnétisme étaient impar- « faitement connus. Les gué- « risons n'étaient des preuves « que pour ceux qui avaient « suivi le traitement : des « convulsions, des crises, du « sommeil, étaient tout ce que « le public avait vu, et tout « ce dont on parlait dans le « rapport des sociétés savan- « tes, comme si le magnétis- « me n'eût été que cela. On « comparait ces crisiaques aux « convulsionnaires du cime- « tière de S.t-Médard ». (*V.* MONTGERON). On fit des rapprochemens entre les guérisons de Mesmer, et les prestiges de Cagliostro : d'autres objets, les ballons, le procès du collier, etc., partagèrent l'attention publique. Enfin la révolution survint; et Mesmer était à-peu-près oublié quand il quitta la France pour retourner dans son pays natal. C'est alors (1787) que se forma l'école magnétique allemande, à laquelle l'enthousiaste Lavater donna une grande impulsion, et qui compte, parmi ses membres les plus distingués, les docteurs Bicker, Olbers (plus connu comme astronome), Wienhold de Brème, Bocmann et Gmelin de Strasbourg. Le savant Hufeland dit qu'il est honorable pour l'Allemagne d'avoir rejeté le magnétisme, lorsqu'il commençait à dégénérer en jonglerie, et de l'avoir accueilli, lorsqu'après la découverte du somnambulisme, il pouvait mériter l'attention d'un philosophe (4). Mesmer se retira bientôt à Frauenfeld, dans la Turgovie, et continua d'y traiter *gratis* un grand nombre de malades. Le docteur Egg (d'Ellikon), qui l'y visita

(4) *Gemeinnützige Aufs.*, p. 499. — Klugge, *Versuch einer Darstellung*, etc., pag. 76, édit. de 1811.

en 1804, le dépeint comme un homme bien fait, d'une forte constitution, et tenant une bonne table, mais d'un amour-propre sans bornes, gardant toujours avec ses malades cet air sérieux et imposant dont il avait contracté l'habitude; ne parlant des autres qu'avec dédain, ne dissimulant point son indignation contre les médecins qui repoussaient sa doctrine, et se plaignant même des magnétiseurs qui ne le comprenaient pas. Il improuvait la saignée, et prétendait que sa vie avait été abrégée au moins de dix ans, parce qu'on l'avait saigné une fois dans sa jeunesse. Son tempérament était vif et même violent (5). Des médecins qui l'ont beaucoup connu pendant son séjour en France, attestent qu'il avait une pénétration et une sagacité remarquables pour la médecine ordinaire, quand il la jugeait propre à seconder le magnétisme: mais il ne regardait les remèdes que comme un accessoire dont on pouvait souvent se passer. On voit par les journaux allemands que Mesmer habitait encore Frauenfeld en 1810 (6), et qu'il mourut dans sa ville natale, le 6 mars 1815 (7). Les événemens dont la France était alors le théâtre, et par suite desquels toute l'Europe fut en armes peu de mois après, expliquent suffisamment le profond silence que tous les journaux gardèrent sur la mort d'un homme dont le nom, trente ans auparavant, occupait toutes les bouches de la renommée. Le mesmérisme ne mourut pas avec son auteur: malgré sa proscription en France, il continuait d'y être pratiqué dans l'ombre, et y avait même reçu des améliorations considérables, et, pour ainsi dire, une forme nouvelle, par l'introduction

(5) *Mémoire* du doct. Egg, lu à la société de médecine de Zurich, le 30 oct. 1820; voyez-en l'extrait dans le *Morgenblatt* de Stuttgard, nov. 1820, n°s 283 et 284.

(6) *Notice sur la vie et le séjour actuel de Mesmer* (dans le *Journal de médecine pratique* d'Hufeland, t. 28., 4e. part., p. 123. — Gazette littér. univ. de Jéna, 1810, *Intell. Blatt*, n°. 6.

(7) Mémoire du doct. Egg, cité not. 5.

du somnambulisme, phénomène que le hasard fit découvrir à M. de Puységur, en 1783. Sous la direction de ce zélé magnétiseur et de ses deux frères, se formèrent à Strasbourg, à Metz, à Bayonne et dans un grand nombre d'autres villes, des associations appelées *Sociétés de l'harmonie* (8), qui établirent des traitemens plus ou moins publics. Celle de Strasbourg était, en 1689, composée de cent quatre-vingt-huit membres, presque tous distingués par leur état et par leurs lumières, et dont plusieurs étaient des médecins très-connus. Ces réunions furent dissoutes en 1792, par la révolution. Sous le rapport de la doctrine, on comptait trois écoles : celle de Mesmer, fondée sur un système analogue à celui d'Épicure, tel que l'a chanté Lucrèce, paraît chaque jour perdre de ses partisans. L'école de M. de Puységur, uniquement établie sur l'observation, semble au contraire prévaloir assez généralement sur la troisième, celle des *Spiritualistes*, qui dans un temps eut beaucoup de sectateurs à Lyon, en Prusse, en Allemagne, et jusqu'en Suède où elle paraissait se rattacher à la doctrine de Swedenborg.

« Depuis quelques années, dit « M. Virey (9), le magnétisme a même acquis une très-« grande faveur en Allemagne, et surtout en Prusse : « des médecins célèbres, Hufeland, Klugge, Sprengel, Treviranus, Marcard, « Wienhold, etc., se sont « déclarés en sa faveur, ainsi « que MM. Heym et Formey. « Le roi de Prusse a rendu « une ordonnance par laquelle la pratique du magnétisme ne devait être « permise qu'aux médecins, « ou du moins devait être « dirigée par eux. Il s'est établi « à Berlin une clinique magnétique ou maison de santé, contenant cent lits, « pour exercer et suivre le « traitement des personnes

(8) On en comptait plus de trente en France, outre celles de Turin et de Malte, et autant dans les colonies. La société-mère pour ces dernières était au Cap français.

(9) *Dictionnaire des sciences médicales*, 1818, in-8°., t. XXIX, p. 505.

« qui désirent s'y soumettre. « Cet institut est dirigée par « le docteur Wolfarth, qui « se sert de baquets comme « Mesmer, avec des conducteurs en acier ». Plusieurs souverains du nord ont autorisé, en 1817, des médecins à s'instruire de la pratique du magnétisme sous M. Wolfarth. En Autriche elle a été successivement permise, défendue et tolérée par le gouvernement: il paraît qu'elle a eu peu de sectateurs en Angleterre. Mais en Russie, en Suède, et dans plusieurs villes de Hollande et d'Allemagne, elle est fréquemment employée sous la direction des médecins. En France le zèle inépuisable et désintéressé de MM. de Puységur, et de leurs imitateurs, lui concilie tous les jours quelques partisans. Les traitemens que l'abbé Faria donnait en spectacle au public avec une ostentation qui semblait n'être pas exempte de jonglerie, ont dû multiplier le nombre des incrédules ; néanmoins les cours publics que le docteur Bertrand a commencés sur cette matière en novembre et décembre 1820, ont excité quelque attention: si l'on en croit des journalistes, il n'est pas possible de défendre avec plus d'esprit une cause que l'on croyait désespérée. Sera-t-il aussi heureux que ceux qui, dans l'origine, se déclarèrent en faveur de l'usage de l'antimoine et de la doctrine de la circulation du sang, malgré la résistance de la faculté? C'est ce que le temps nous apprendra. Les bornes d'un article biographique ne nous permettent pas d'exposer ici les phénomènes du somnambulisme magnétique dans lequel les médecins les plus anti-magnétistes ne peuvent s'empêcher de reconnaître un *état singulier* (10): on les trouve décrits dans divers ouvrages parmi lesquels nous citerons, les *Elémens du magnétisme animal*, par M. de Lausanne, Paris, 1818, in-8.° de 56 pag.: manuel fort bien fait, et qui peut suffire à ceux qui veulent se borner à connaître la pratique et l'emploi de ce traitement; — *Du Magnétisme ani-*

(10) *Dictionnaire des sciences médicales*, t. XLVIII, pag. 297, art. Rêve.

mal, par A. M. J. Ch. de Puységur, *Paris*, 1807, in-8.°, ouvrage curieux, mais dans lequel l'enthousiasme de l'auteur se laisse trop apercevoir: on y trouve (pag. 387–396), une lettre, jusqu'alors inédite, du P. Amiot, qui voit le fluide universel de Mesmer dans le *Tay–ki* des chinois, et cite un traitement opéré à la Chine, il y a au moins dix siècles, et précisément dans le genre de la pratique des magnétiseurs actuels; — enfin l'*Histoire critique du magnétisme animal*, par J. P. F. Deleuze, Paris, 1813, 2 part., in-8.°, réimprimé en 1819: c'est le meilleur livre et le plus instructif qui ait été publié sur cette matière. Dans la deuxième partie, on trouve une Notice raisonnée et rédigée avec une rare impartialité, des principaux ouvrages (au nombre d'environ 60), qui ont paru sur le même sujet. Dès 1788, M. Usteri avait publié un *Specimen bibliothecæ criticæ magnetismi sic dicti animalis*, Gottingue, 1788, in-8.°, de 30 p.; et le savant bibliographe F. G. A. Murhard en a donné une liste bien plus complète dans son *Versuch einer historisch–chronologischer Bibliographie des magnetismus*, Cassel, 1797, in-8.°, de 166 pag., offrant par ordre chronologique 697 ouvrages, dont 275 sont relatifs au magnétisme animal. Pour connaître ceux qui ont été imprimés depuis cette époque, on peut consulter une bibliographie assez étendue, contenant 173 articles, insérée, en juillet 1814, dans le n.° 1.er (pag. 36–48) des *Annales du magnétisme*, ouvrage périodique, redigé par M. de Lausanne, dont le n.° 30 a paru en mars 1816, et qui a été continué depuis juillet de la même année, sous le titre de *Bibliothèque du magnétisme animal; par les membres de la société*, etc. Dès 1797, Mouilleseaux avait déjà publié, sous le titre d'*Appel au public*, etc., le prospectus d'un journal spécial sur cette matière. Les Allemands en ont plusieurs qui lui sont consacrés exclusivement. Ceux de Kieser et de Wolfarth sont les plus estimés, et se continuent encore. En France, deux auteurs bien connus, n'ont pas dédaigné d'emprunter le cadre d'un roman, pour gagner quelques partisans à ce système. Le *Magnétiseur amoureux* (par Charles Villiers), Genève, 1787, in-12, est à la fois, dit M. Deleuze, un livre de métaphysique fort ingénieux, et l'un des meilleurs traités que nous ayons sur le magnétisme. Le roman de M. Pigault-Lebrun, intitulé, *Encore du magnétisme,* publié en 1817, est aussi d'un auteur sincèrement convaincu. Il nous reste à donner la liste des ouvrages de Mesmer; outre sa thèse inaugurale, citée plus haut (pag.), et quelques opuscules en allemand, publiés à Vienne, on a de lui : I. *Réponse de M. Mesmer à ceux qui l'ont consulté sur la cause magnétique* (dans le Journal encyclop., 1.er juin 1776). II. *Mémoire sur la découverte du magnétisme animal*, Paris, 1779, in-12. III. *Précis historique des faits relatifs au magnétisme animal, jusqu'en avril* 1781, Londres, 1781, in-8.° IV. *Histoire abrégée du magnétisme animal*, Paris, 1783, in-8.° (11). V. *Requête au parlement, pour obtenir un examen plus impartial que celui des commissaires*, 25 oct. 1784. VI. Des *Lettres* à Vicq d'Azyr et autres, insérées dans divers journaux, et réimprimées dans le *Recueil des pièces les plus intéressantes sur le magnétisme animal*, 1784, in-8.° VII. *Mémoire de F. A. Mesmer sur ses découvertes*, Paris, an VII (1799), in-8.°, c'est le plus remarquable des écrits que Mesmer a publiés en français. VIII. *Lettre de F. A. Mesmer au C. Baudin, capitaine de vaisseau*, sur des recherches à faire au sujet d'un moyen préservatif de la petite vérole, et *lettre* justificative du même, *aux auteurs du Journal de Paris*, ib., an VIII (1800), in-8.° IX. *Mesmerismus*, etc., ou système du magnétisme animal (en allemand), Berlin, Nicolai, 1815, 2 vol. in-8.°, fig., publié par Wolfarth, avec des éclaircissemens de l'éditeur : ouvrage profond, mais encore peu connu en France. Mesmer

(11) Ce livre, indiqué par Murhard, nos 440 et 441, n'est point cité par M. Deleuze : ce qui donne lieu de croire qu'il pourrait bien être d'un pseudonyme.

avait encore écrit une *Cosmogonie* et le *plan d'un gouvernement républicain*, ouvrages considérables, dont il confia le manuscrit à quelques-uns de ses amis à Paris, pour en retoucher le style, et qu'il comptait dédier au duc de Bade : on sent que les circonstances politiques ne permirent pas cette publication. La brochure intitulée *Mesmer justifié*, 1784, in-8.° de 46 pag., est une satire qui eut beaucoup de succès dans le temps, parce que l'auteur a l'air d'y exposer de bonne foi la théorie et les procédés du magnétisme.

C. M. PILLET
et J. B. M. GENCE.

FIN.

www.ingramcontent.com/pod-product-compliance
Lightning Source LLC
LaVergne TN
LVHW012015220826
846092LV00001B/359

9782329772349